JN076594

倉本美津留

びこうず

because
mitsuru kuramoto

ワニブックス

びこうず

そんなアホな。

でも、

そんなアホな、

なんやで。

1

後藤誉《ほまれ》は焦っていた。

震える手を必死におさえながら、小さな匙《さじ》で化学物質をすくい、大きめの真っ白な乳鉢へと移す。水を少しずつ垂らしながら、化学物質をゆっくりと溶かしていく。

外では、八月の太陽が情け容赦なく地上を照らし、行き交う人々はぐったりして歩いていたが、青々とした木々は嬉々《きき》として光合成に勤《いそ》しんでいるようだった。誉は、真夏だというのに、エアコンも扇風機すらない一室で、額から多量の汗を噴き出させていた。がらんとした殺風景な部屋の窓からは、豊かな緑の葉を繁らせた大きな桜の木が見えている。木の幹ではミンミンゼミが、地上での短い一生のすべてを懸けて、死にもの狂いで腹を震わせて鳴いている。一斉に咲いてはすぐに散ってしまう桜の花や、地上に出てから二週間ほどで死んでしまうセミは、短い一瞬に集中して爆発的に輝く。儚《はかな》くも強い生き様だからこそ、人々の心を掴んで離さないのだろう。

ともあれ、そんな外界のことは、今の誉にはどうでもよいことだった。

全神経を作業に集中させている誉には、桜の木のミンミンゼミの鳴き声など届いてはいない。額から汗が頬を伝わり、顎から滴り、いよいよその一滴が大地に向かってダイブしようとしているのを服の袖口で拭いながら、誉は、汗が化学物質に入らないように慎重に作業を進める。

「これを、完成させないと……早く、させないと……」

誉の口から微かに漏れ出た呟き声は、ミンミンゼミの鳴き声にかき消され、そのまま部屋の虚空に消えていった。全世界で誰一人として、誉の声を拾うことはできなかった。いや、誉の声に耳を傾けようとする人など、この世に存在するのだろうか。

乳鉢の中の化学物質の水溶液に、また別の化学物質を匙ですくって入れ、再び、ゆっくりと、二種類の化学物質が渾然一体《こんぜんいったい》となるように慎重に混ぜ合わせる。ビッグバンが起こる前の宇宙は、この乳鉢の液体のように、すべてがドロッドロに溶けた世界だったのだろうか——などと、誉は、液体を混ぜ合わせながら妄想を巡らせた。その妄想は宇宙の始まりから、地球の生命の誕生、人類の進化、そして自らの生い立ちへと進み、そのタイミングでセミの声がようやく耳に入り、誉は我に返った。

「よし……これくらいで、いいだろう……」

ミンミンゼミは腹を震わし命を懸けて鳴き、誉は手を震わし命を削りながら作業を続ける。まるで分子レベルで震えているかのように、誉は熱を帯び、さながら室内は電子レンジのようで、汗が噴き出して止まらない。シャツはビショビショに濡れて肌にまとわりつき、皮膚と一体化しているようだ。これほど不快指数の高い環境では、普通の人間であれば集中力が削がれるものだが、誉の集中力はむしろ研ぎ澄まされていた。

今度は、乳鉢で混ぜたドロドロのものを、大理石の板の上に慎重に移す。まるで砂漠の遭難者が水筒の残り一滴を余さず飲もうとするように、誉は、一滴も無駄にしないよう、大事に大事に乳鉢の底から掻き出していく。大理石の板の上に盛り、中央へ乾性油に樹脂や蝋を混ぜたものを垂らす。そしてヘラで丁寧に丁寧に混ぜ合わせる。丹念に混ぜ合わせていく度に、その物質は、粘度も光沢も増していく。

「できた……」

日が高い真夏の太陽光は、直接、部屋の中には差し込んでこないが、室内を明るくするには十分で、白い大理石の上で黄色に輝くドロドロのものを鮮やかに照らす。

もし太陽に精液があるとすれば、こういったものなのだろうか。そして太陽が子どもをつくるとしたら、このドロドロの黄色い精液がどうしても必要なのだった。

2

八月も間近になり、一気に猛暑がやってきた。街頭ビジョンの天気予報では関東地方の梅雨明けが一斉に報じられ、各都県には太陽のマークがピカピカと勢揃いしている。これから一か月以上、日本中は沸騰するように暑くなる。夏休みが始まってまだ間もない子どもたちは、眩しい太陽のもと、喧《やかま》しいセミの鳴き声にも負けない甲高い声で、キャーキャーと浮かれている。

しかし、高気圧に覆われた日本で、浮かれているのは子どもたちだけではない。大人たちは大人たちで、日本中を覆っている好景気に浮かれている。大企業の高層ビルディングが乱立する新宿は、高気圧と好景気で一段と熱を帯び、熱気はコンクリートに阻まれて行き場を失い、地上に充満している。まだ朝の早い時間で日が低いというのに、アスファルトの道路から照り返す光は、皮膚を溶かしそうなほど熱い。それでも企業戦士たちは、爛《ただ》れた皮膚のようにスーツの上着を腕からぶら下げ、今日も金を稼ぐために勤め先へと急いでいる。

誉もまた、西新宿のオフィスワーカーの一群の中で、体中から汗を噴き出させながら勤め先へと急いでいた。しかし、誉が急いでいるのは、会社に遅刻しそうだからではなく、また真夏の日差しから逃れ、一刻も早く会社のクーラーの冷気にありつきたいからでもない。待ち焦がれていた一報が気になって気になって仕方がなかったからだった。誉はびっしょりと汗をかき、スーツの背中には、まるで天使の羽のような形で汗染みが広がっている。その背中の〝羽〟は、待ち遠しい一報に対して、ワクワク、ソワソワと浮き立っている誉の気持ちを表しているようだった。

高層ビル群の中に、地面に向かって末広がりになっている形状から「パンタロンビル」の異名を持つ建物がある。誉は、歩調を速めながら、そのパンタロンの裾の中へと吸い込まれ、上昇気流に乗るように上層階へと上がっていった。

その年の春、日本の好景気を象徴するような出来事があった。3月30日、日本の大手損害保険会社が、イギリスのロンドンの競売会社クリスティーズで、一枚の絵画を落札した。ヴィンセント・ヴァン＝ゴッホ作「ひまわり」。

保険会社とオーストラリアの富豪が、オークションで競りに競った結果、たった7分間で吊り上げられた金額は、それまでの最高記録の三倍近く、当時の絵画落札の史上最高額を記録した。金額は、破格の約53億円。

誉は、ゴッホの「ひまわり」を購入した保険会社が所有する美術館に、学芸員として勤めている。エレベーターで美術館がある42階まで上がり、学芸員たちが常駐する事務室へと向かう。

誉が部屋のドアを開けると、籠った熱気が廊下に流れ出し、逆に廊下の冷気が中へと取り込まれる。昨日の退勤後から部屋がたっぷりと溜め込んできた熱い空気と、廊下の冷房が効いた冷たい空気の交換は、部屋が大きな深呼吸をしているようだ。誉はいつも通りに、エアコンのスイッチを押し、窓のブラインドを光が少しだけ差し込むように調節した。誉の出勤はいつも一番乗りだ。同僚が出勤してくるまでの誰もいない事務室に、しばし一人でいることが好きだった。しかし今日の一番乗りにはそれとは違った特別の理由があった。デスクに手提げかばんを降ろし、椅子にどっかと座る。そして、ふうっと一息、深呼吸した。デスクの上には、花瓶に生けられたひまわり。脇にある写真立ての中では、妻と生まれたばかりの娘がこちらに向かって微笑んでいる。ブラインドを調節した窓から差し込む朝の光。誉は、ひまわりが太陽のほうに顔を向けられるように、少し動かしてやった。

誉は、この美術館で学芸員として働いて五年目になっていた。子どもの頃から、絵を見たり描いたりするのは好きだったが、本格的に絵画を学んだことはなかった。それでも無邪気なもので、絵描きになりたいなどと息巻いていたこともあった。しかし社会や経済のことをある程度わかるようになってくる高校の頃には、絵描きでは食べていくのは難しいし、夢だけでは生きていけないと、現実に合わせて軌道修正をしていった。そして普通の大学を出て、この保険会社に就職した。

誉は、保険の営業マンにでもなるのだろうと思っていた。

しかしなぜか、入社して一年目から、会社が所有する美術館への配属となった。美術館は、会社によって設立された財団が運営を担っている。美術館や博物館に携わる専門職として学芸員があるが、学芸員になるためには国が定める学芸員資格が必要とされる。誉は資格を持ってはいなかったので、資格を必要としない学芸員補として働くこととなった。

四年間、学芸員補として勤めた誉は、上司の勧めで学芸員資格を取得した。そして今年度四月から、晴れて正式な学芸員として働いている。そんな誉の学芸員補最後の日、3月31日にゴッホの「ひまわり」を落札したという一報がイギリスから入り、それを受けたのが、誉だった。

そして、今日もまた、誉は新たな一報を待ち望んでいた。

エアコンが部屋の熱気を吸い込んでは冷気として吐き出し、一生懸命深呼吸をしている。

誉は、デスクの上のひまわりを眺めながら、まだ画家への憧れが残っていた中学生の頃を思い出した。

学校の美術室で、誉は、教科書に載ったゴッホ作の「ひまわり」を眺めながら、この絵が、なぜ名作とされているのかを考えていた。

《もし自分が画家になるのなら、ゴッホのような人生は御免だな。死後評価されても何の意味もないし。だけど、生前まったく評価されなかったこの作品が、どうしてこんなにも万人の心を掴み続けているんだろう。その秘密は、絵を直《じか》に肉眼で見て初めてわかることなのかもしれないな……いつかこの目で見てみたいもんだ》

と、そこまで考えた時、唐突な気づきに誉は襲われた。

《そういえば自分の名前は後藤誉で、略すと後誉、ゴッホじゃないか！

え⁈　後に誉って、死後評価されるゴッホそのものの名前じゃないか！

もしかして俺はゴッホの生まれ変わりなのか？》

誉は、その時、鳥肌が立つほど自分の中で興奮したが、くだらないと一蹴されるのが怖くて、そのことを誰にも話すことはしなかった。

年月が経ち、その出来事は誉の心の奥底に押し込められていった。

しかし、自身が勤める会社がゴッホの「ひまわり」を落札した、という知らせを聞いたとき、その記憶が唐突に蘇《よみがえ》った。まるで春が到来し、蒔かれていたひまわりの種がポコッと芽を出したかのようだった。

そのとき電話のベルが鳴り、思いに耽《ふけ》っていた誉の思考を強制中断させた。不意を突かれた誉は、受話器を取り落としそうになりながらも、なんとか持ち堪《こた》え、涼しい顔をして電話に応対した。もう室内はひんやりとしている。

「……はい、学芸員の後藤です」

電話の内容は、誉が待ち望んでいたもの、つまり、ゴッホの「ひまわり」が無事に成田空港に到着した、という知らせだった。

とうとうゴッホの「ひまわり」が日本にやってきた。

ゴッホの「ひまわり」は、落札された後、様々な手続きを経て、落札から約四か月後の7月20日に日本へと空輸された。セキュリティー上の観点から、誉など関係者のごく一部を除いて、使用する航空会社や、到着日時は伏せられていた。

「そうですか……はい……連絡、ありがとうございました！」

誉は受話器を置き、ほうっと安堵《あんど》の息をついた。その息とともに呟きが漏れ出た。

「……ゴッホの『ひまわり』が、向こうからオレに会いに来てくれるのか……」

3

ゴッホの「ひまわり」が、ようやく美術館にやってきたのは、日本到着の翌日、7月21日だった。

誉は、この日も朝一番で出社し、冷房のきいた事務室で、ブラックコーヒーを飲みながら、高鳴る胸をおさえていた。すると美術品の運搬を専門とする運送会社のトラックが到着したと内線電話があった。誉は、搬入口へと向かった。

担当学芸員の誉の立ち会いのもと、作業員たちはトラックの荷台から木枠にはめられた荷物をゆっくりと降ろし、台車へと慎重に乗せる。誉は、じっと作業の様子を見つめる。次に、専用のエレベーターで、美術館の作業室へと運ぶ。誉もエレベーターに同乗し、脇に立って木枠に収まった箱を見つめていた。

荷物は作業室で梱包を解かれる。数人がかりで、そうっと台車から床に降ろす。作業員たちは木枠を外し、中の箱が取り出される。そして、あらかじめ敷かれていたシートの上に置く。

「ここからの開封は、どうしましょうか？」

作業員の一人に、そう聞かれた誉は、

「私がやります」

と、即答した。

誉は、これまでにも絵画の梱包や開封をすることは何度もあった。しかし、今回は特別だ。この箱の中に、ゴッホの「ひまわり」がある。

美術の授業で見た、教科書に載っていた、ゴッホの「ひまわり」。

その時に感じた、大きな興奮。

後藤誉とゴッホの偶然の一致。

誉は本物の「ひまわり」と対面した時に自分は、いったいどうなってしまうのか、という恐れで、手が震えてきた。震えをおさえながら、手袋をはめた。

そして、一つひとつの梱包を、慎重に解いていった。

誉は、みかんの白い筋はきれいさっぱり取ってしまわないと気が済まない性質《たち》だった。びんに付いているシールを、跡を残さず、途中で破れたりもせず、きれいに剥がすことが得意だった。雑にしまわれた大量の毛糸がぐじゃぐじゃに絡まっているのを見つけたときは、一日中縺《もつ》れをほどく作業に没頭していたこともある。誉は、一つの物事に対して、異常に執着したり、完璧さを求めたり、尋常じゃない集中力を見せたりすることがあった。

もしかしたら、慎重さを必要とするこの仕事は、誉の天職なのかもしれない。

いよいよゴッホの「ひまわり」まで、梱包はあと一枚を残すのみ。

誉は、深呼吸をした。

そして、最後の一枚を下側からゆっくりと開いていった。

まずは、絵画の机の部分が見えてくる。

花瓶が見えてくる。

そして下を向いたひまわりが見えた。

ひまわりは、まだ、顔を見せてくれない。

しかし、もうすぐ顔を出す。

誉は、もう一度、今度は大きい深呼吸をした。

そして、ゆっくりと開いた。

次の瞬間、
目と目が合った。

ひまわりが顔を見せ、誉とひまわりの目と目が合ったのだ。

もちろんゴッホのひまわりには目など描かれていない。

虹彩認証のように、目の前のひまわりが誉を認識したのだ。

目と目が合った瞬間、誉は、自分の周りのすべてがゴッホの描くタッチで彩られたように感じ、強烈に眩しくなって、思わず目を閉じた。

すると、誉とひまわりが一対一で対峙《たいじ》した、無限にも感じられる静寂な空間が暗闇の中に現れた。目の前には、ゴッホのひまわりだけが、ぼうっと浮かび上がっている。

唖然《あぜん》としている誉に、囁《ささや》く声が聞こえた。

「「自分の中で一度燃え上がった想いというのは、止めることが出来ない」」

その囁きは、ひまわりから聞こえてきたが、ゴッホの声だということが何故か誉にはすぐに理解できた。しかし誰に向かって言ってるのかは、わからない。

その声はまた囁いた。

「「確信を持つこと。いや確信を持っているかのように行動せよ。そうすれば次第に本物の確信が生まれてくる」」

今度は確実に誉に向かって囁いてきた。誉は、心の中を見透かされているようで、心許ない感じでいっぱいになった。がしかし一方で不思議とその声には拠《よ》り所となるような安心感があった。いつしか誉の戸惑いは消えていき、ゆっくりと目を開いた。

「後藤さん……後藤さん……大丈夫ですか？」

作業員の一人に声をかけられていた。

「もう大丈夫」と、誉は言った。

それは作業員への返答ではなく、自分自身への言葉だった。

次の瞬間、ゴッホのひまわりは、中央の花だけでなく、下を向いたり、左右を向いたりしている花たちも、みんな一斉に誉の方に〝顔〟を向けてこう囁いた。

「――「このまま行けと、私の中の私が命じるんだ」――」

4

十月、誉は、再び「ひまわり」の前に立っている。美術館では、世紀の名画の公開が始まっていた。ゴッホの「ひまわり」の本物が見られると聞きつけた大勢の来館者で、館内はごった返していた。しかし、誉が「ひまわり」の前に立っているのは、学芸員としてではなく、一般来館者としてだった。

誉は、ゴッホの「ひまわり」が美術館に届き、自らの手で開封し、ひまわりと目と目が合った、その日の翌日に辞表を提出した。

上司は、まったくもって誉の行動が理解できなかった。辞める理由を聞いても、「どうしてもやらなければならないことがある」と繰り返すだけだった。誉は後足で砂をかけるように会社を辞めた。

そして、改めて「ひまわり」を見にやってきた。館内は大混雑し、お目当ての絵画である「ひまわり」を見ながら大勢の人々が様々な感想を囁きあっている。しかし、誉の耳にはその雑音はまったく入っていなかった。

誉は、ゴッホの「ひまわり」を直視し、〝あの声〟を聴いた日から、ゴッホについて調べまくり、思いを巡らし続けていた。

もしゴッホが生きていたら、どんな絵が描きたかったのだろうか。

最後の作品とされているのは「カラスのいる麦畑」だが、執着して描いていたのは「ひまわり」だ。もし、ゴッホがもっと長く生きていたら、きっと、「ひまわり」を描き続けていただろう。

ゴッホは生きている間に、絵が一枚しか売れなかったと言われている。ゴッホは死後評価され、作品は広く認識されるようになった。そして「ひまわり」のようにすべての作品は高値で取引されている。芸術家の真価は、名声や作品の値段ではないことぐらいは、わかっている。だが、ゴッホにおいては、生前に評価があまりにもされなすぎた。

ゴッホは、異国の地で、多くの人々が自分の作品を見るために詰めかけ、ゴッホだ、ゴッホだ、と騒がれる世の中が訪れようとは、夢にも思わなかっただろう。

もし生きていれば、いよいよこれからが真骨頂という37歳の夏に、ゴッホは死んでしまった。

「『人間が生きる限り、死人も生きているんだ』」

そうだ。きっと、ゴッホは「ひまわり」を描き続けたかったんだ！

誉の、強烈な思い込み癖に、とんでもない火がついてしまっていた。

「ひまわり」を描き続ける、それを誰かがやらなければならない！ ただの真似事ではなく、本気の継承を誰かがやらねばならないのだ！ 絵のタッチはもちろん、思想や考え方、人間性まで何から何まで継承して描くひまわり！

そうだ！ 日本の伝統芸能、歌舞伎や落語では、屋号、亭号が、まったく別の人物に託されその真髄が代々継承されていくではないか！ ならばゴッホだって、そのすべてを、違う人物が受け継いでもいいではないか！ 今はゴッホのことを誰も受け継いでいない！ すべての芸術は、誰かが受け継がなければならないものを誰も受け継ごうとしていない！

使命を帯びた人間が、多大な影響を受けた先人に対し、尊敬の念を持ちながら、その後ろ姿を追い求めていくことによって、バトンが受け渡され、未来に続いていく。誰かが、ゴッホのバトンを受け取らなければならない！　そのバトンを受け取るのは、俺だ！

誉の思い込みはメラメラと音を立てていた。

しかし、ゴッホのバトンを受け取ろうとしたのは、歴史において、誉が初めてではない。20世紀の日本美術界を代表する版画家、棟方志功がいた。棟方志功は、青年期にゴッホの絵と出逢い、「わだばゴッホになる!!」と言って画家を志したというのはあまりにも有名なエピソードである。棟方志功は「日本のゴッホ」と呼ばれることもある。棟方志功は青年の時に、「ゴッホになる!!」と叫んだというから、誉がゴッホについてあれこれと思い巡らせ始めた時期より六十年以上も前のことだ。

誉は、ゴッホの「ひまわり」を眺めつづけながら、その思考は棟方志功へ、そして、自らの少年時代へと移っていった。

◌　◌　◌

棟方志功の自伝『わだばゴッホになる』が出版されたのは、1975年。

誉は、15歳の中学生だった。少年から青年へと成長する、多感な時期を迎えていた。高校受験を控えた、中学三年生の夏。

校舎の3階にある教室の窓からは、校庭が一望できる。昼休みの時間なので、校庭には、多くの学生たちが出ていて、キャッチボールをしている男子生徒、バレーボールをする女子生徒、小さい白い球や、それよりやや大きい白い球が、飛んだり跳ねたり、行ったり来たりしている。その校庭の脇には、ひまわりが十数本植えられている。夏の日差しをふんだんに浴びながら、きれいに整列して、じっと直立しているひまわりは、そうした生徒たちが遊んでいる光景を眺めているようだ。

教室の窓際の席に座っている誉は、頬杖を突きながら外を眺めていた。その視線はキャッチボールやバレーボールではなく、ひまわりの方に向いている。ひまわりをぼんやりと眺めながら、誉は妄想していた。

ひまわりは、すごいなぁ。あんなに暑い中で立ってるのに、まったくへたばったりもしないなんて。こんな日差しの強い日に、もし朝礼なんかで直立させられて、校長の無駄に長くて意味のない話を聞かされていたら、たちまちみんなバタバタと倒れてしまうだろうな。もしかすると、校長の長話は、とんでもない大量殺戮《さつりく》兵器なんじゃないか！　大変だ！　CIAだかKGBだかわからないが、どこぞの国の秘密諜報機関のスパイが、もうすでにこの学校にやってきているのかもしれない！　そいつはきっと、『007／死ぬのは奴らだ』のジェームズ・ボンドみたいなやつだろう。だが、素手での勝負なら『燃えよドラゴン』のブルース・リーの方が強いだろう。とはいえ、もうスパイは、偵察を始めているに違いない。……そういえば、〝ギャン〟のやつ、なんだかニオうぞ。二年生の時は、頭もボサボサで、どうにも腑抜けたようなツラしていたけれど、最近は、髪型をビシッと決めやがって、ダウン・タウン・ブギウギ・バンドでも意識してんのか。一緒にビートルズの『アビイ・ロード』を聴いて、興奮と熱狂を分かち合った仲だと思ってたのに……。あ、でも、俺的には、最近は、かまやつひろしの曲がお気に入りだ。いやいや、そんなことより、待てよ。そうか。さては、スパイがギャンとすり替わってやがるな……。

誉の妄想の中に出てきた「ギャン」というのは、クラスメイトで、小学校からの親友のニックネームだ。本名、剛岩治《ごうがんじ》、いかにも堅物そうな名前。「名は体を表す」とは言うが、やつに限ってはその真逆で、ギャンほど頭の柔らかい人物はいない。「ギャン」は、岩治を縮めて「ガン」と呼ばれていたのが、いつの頃からか「ギャン」になった。

右斜め二つ前の席には、ギャンが座っている。誉が、訳のわからない妄想を膨らませていることとはつゆ知らず、昼の弁当を食べ終えたギャンは、静かに読書をしていた。

誉は、ガタッと席を立った。しかめっ面をしながら、のっしのっしと歩いていく。そして、ギャンの席の脇に仁王立ちし、見下ろした。

「おいっ！　ギャン!!」

ギャンは、呼ばれた方を見上げた。逆光で、一瞬、誰だかわからなかったが、すぐ誉だとわかった。

「なんだ、誉か。どうした、そんな怖い顔して……」

「お前、だいぶ変わったよな」

「はぁ⁇　何だよ、急に」

「一年前とだいぶ変わったよな、って聞いてるんだよ！」

「い、一年前？」

「そう、一年前だよ！」

ギャンは、誉が何を言っているのか、よくわからなかった。しかし、いつもの強烈な思い込みの癖が出てきているのだろうと思って、少々、付き合ってやることにした。

「一年前かぁ……」

「そう、一年前！」

「う〜ん……」

ギャンは、腕組みをし、一年前のことを思い出そうとした。しかし、誉が、一体何のことを言っているのかさっぱりわからない。とりあえずはぐらかすようにして、答えた。

「ちょっと前のことだったら覚えてるけど、一年前のことなんて覚えてないなぁ」

「やっぱり、ブギウギ・バンドしてやがるな!! この野郎!!」

図らずも、誉の妄想と、ギャンの発言が一致してしまった。誉は、持っていた手ぬぐいで、ギャンの頭を叩いた。

「痛っ!!」

実際は、手ぬぐいが頭をふわっと掠《かす》めた程度で、まったく痛くはなかったのだが、ギャンは反射的に「痛っ!!」と言ってしまった。ギャンの「痛い」という言葉に、誉は怯《ひる》んだ。そして、怯みを隠すように言った。

「……よ、ヨコハマでも、ヨコスカでも、どこへでもいっちまえ!! 良き友だと思っていたのにっ!!」

「どうしたんだよ……」

誉は、咄嗟《とっさ》のことだったとはいえ、暴力をふるってしまったことを後悔していた。結果は、手ぬぐいでギャンの頭を撫でただけだったが、誉にとって、それは立派な暴力であり、ましてや手ぬぐいを使うとは、武器の使用を意味するあるまじき卑劣な行為だ。誉は後悔でいたたまれなくなり、咄嗟にかまやつひろしの『我が良き友よ』を口ずさみ始めた。ギャンは、呆気《あっけ》にとられて誉を見上げていた。しかし腹を立ててはいなかった。

誉は、想像や妄想ばかりしている子どもだった。その妄想が頭の中だけで止まっていれば、誰にも迷惑をかけることはない。しかしながら、誉においては、それがダダ洩れしてしまい行動に出てしまう。それが問題だった。

誉は小学一年で、好きな女の子ができた。と同時にその子も自分のことが好きなのだと思い込んだ。そして、その子は恥ずかしがり屋で、自分から好きだとは言えないから、こっちから言ってあげないといけないと考え、下校時の下足場で一緒に帰ろうと声をかけて、有無を言わさず同じ方向に歩き出した。そして、学校から出て二人っきりになったところで「ボクと結婚しよう」と言った。女の子は驚き、何も口にすることなく家路を急いだ。誉は構わず同じ速さで歩きながら「ボクと結婚しよう」「ボクと結婚しよう」「ボクと結婚しよう」と何度も何度も繰り返し言い続けた。女の子はずっと無視していたが、我慢ができなくなって立ち止まり「もうやめてよ！」と叫んだ。その叫びを誉は恥ずかしがり屋ゆえの精一杯の裏返しの言葉だと受け取り、より一層彼女のために言ってあげないといけないという思いから「やめない！　結婚するって言うまで絶対にやめない！」と大声で叫んだ。

とうとう根負けした女の子は「わかったから！　結婚するから!!」と言った。彼女のためにちゃんとやってあげられたのだと誉は満足した。

そんな思い込みの激しい性格の誉は、友達が少なかった。

唯一の友達が、ギャンだった。

誉の変わった性格は、ギャンには気にならなかった。年端もいかないのに美術や音楽や映画に詳しいギャンも同世代から見たら変わり者だった。変わり者同士、二人は相性が良く、おもしろいものを見つけると、いつも共有し合っていた。

ギャンの家には、父親が収集したレコード、画集、専門書などが沢山あった。母親は、考古学に興味があるようで、リビングの飾り棚にはどこで手に入れたのかわからない火焔《かえん》土器やペルーのインカ帝国時代の遺物が置いてある。ギャンの、誉のような変わった人間に対する寛容さは、こうした家庭環境から来ているのかもしれない。

ギャンの家に遊びに行く度、誉は様々な画家の画集を見せてもらった。

そうこうしているうちに画家という職業になんとなく憧れを抱くようになった。

誉は、自分が「すごい！」と思ったら、そのことを何が何でも他人に知らせたい！　という焦燥感に駆られることが、よくあった。そして「なんで、こんなすごいものをみんなは知らないいんだ！」「だったら、俺が教えてあげなきゃ、一体誰が教えるんだ！」と、勝手に思い込みの激しい使命感に満ち溢れ、そして行動する。

小学四年生の頃、誉は、家族旅行で奈良を訪れた。東大寺の南大門には、運慶・快慶作の金剛力士像がある。それを見た誉は、衝撃を受けた。

「なんだこれは⁉　これは本当に人が作ったものなのか！　人間がこんなすごいものを生み出せるのか⁈　運慶・快慶……まるで漫才コンビのような名前じゃないか。そんな二人が本当にこんなすごいものを作ったのか⁉　すごい！　すご過ぎる‼　これは、絶対みんなに教えないと!!!」

奈良から帰って、さっそく誉は担任の先生に言った。

「運慶・快慶のことについて、僕に授業をやらせてください‼」

頼まれてもいないのに、授業を自分にやらせてくれと、教師に直訴する小学生がいるだろうか。

担任から許諾を得た誉は、授業の準備のため、運慶・快慶についてとことん調べ、大きな模造紙に発表内容をまとめていった。そして、教壇に立ち、運慶・快慶の授業をまるまる1時限やりきった。偏《ひとえ》に、〝運慶・快慶のすごさを伝えている者がいない。そのすごさを唯一知った自分には伝える義務がある〟という、無知ゆえの思い込みパワーのなせる業だった。クラスメートはポカンとしていた。

小学五年の頃、世界中の音楽シーンを席巻していたビートルズを知った。ビートルズの音楽を聴いた誉は、全身に電気が走ったような衝撃を受け、虜《とりこ》になった。月二千円の小遣いのすべてをビートルズのレコード代に費やしていった。誉は、ビートルズの計り知れないすごさに夢中になっていった。

ビートルズは世界をも変えた。そのビートルズをつくったジョン・レノンは、勉強が大嫌いだったらしい。誉も勉強が大嫌いだった。勉強が大嫌いでも、世界を変えることができる。誉は、ジョン・レノンと自分を重ね合わせていた。

そんなすごいビートルズを、もっと世に広めていかなくてはならない。同級生たちはそのすごさにちゃんと気づいていない。誉は、ここでも使命感に駆られた。全小遣いをつぎ込んだビートルズのレコードを、カセットテープに録音してみんなに配ろうと考えた。しかしレコードの歌詞カードの一番下には、複製したら法律で罰せられると書いてあった。

誉は、思案した。「法律で罰せられるのかぁ。そうかぁ。……でも、こんなにすごいビートルズを自分だけに留めて置いてたら絶対ダメだ！」

誉の使命感は、国の法律に勝った。

「まずはギャンに教えてやらないと！　ギャンのために、ギャンがビートルズのすごさに気づいていくための曲順でカセットを作るんだ!!」

録音複製する者を取り締まる国家組織の目をかいくぐり、三畳ほどの狭い自室という秘密結社のアジトに誉は閉じこもった。そして、自らの使命をまっとうするべく、まずはギャンのために、ビートルズのオリジナルカセットを、細心の注意を払いながら黙々と制作した。

翌日、学校の帰り道、誉は人気の無いところで、出来上がったばかりのカセットをギャンにこそっと渡した。

「いいか、これを聴くときは、人の居ないところで聞くんだぞ。さもないと、国の秘密組織にスパイ容疑で捕まっちゃうからな！」

スパイ映画の見過ぎである。言われたギャンは呆気にとられはしたが、話の調子を合わせ、お礼を言った。

「危険を顧みず、ありがとうな!!」

そして、ギャンはすでにビートルズを知っていたこと、家にレコードがたくさんあることは、誉に言わないでおいた。

ギャンは、思い込みが激しい、それだからこそ一緒にいて飽きない、おもしろい誉が好きだった。

中学生になると、ビートルズのすごさをみんなに伝えるという、誉の使命感はさらに高まった。中学一年の初日の自己紹介で、誉は、クラス全員にビートルズのすごさを滔々《とうとう》と語り続けた。

そのエピソードを誉のクラスメイトの一人から聞いたギャンは、ぷっと噴き出した。

「誉らしい!!」

◌ ◌ ◌

誉が『我が良き友よ』を歌いきるか歌いきらないかのうちに、中三のある日の昼休みが終わり、そして午後の授業のチャイムが鳴った。

「あ、午後は、美術の授業だぞ!」

「そうだった!! 美術室に行かないと!!」

すでにもう他の生徒はみんな移動していて、教室内で残っているのは誉とギャンだけだった。誉にとって、美術の授業は学校での唯一の楽しみだった。二人は、とにかく急いで、別校舎の二階へと駆けていった。

息を切らして、ガラッと美術室のドアを開けると、すでに着席していた全員の視線が二人に向けられる。一斉にこちらを見た。

校庭脇に植えられて、同じ方向を向いているひまわりの光景が浮かんだ。

「お〜い、お前ら、いつまで飯食ってたんだぁ〜昼飯は4時限までに済ましとけって言ってるだろ〜」

教師の言葉にみんなが、どっと笑った。

美術教師は、おもしろい人だった。そして、アートが好きでクラスで浮いている誉とギャンを、気に掛けていた。冗談めかした言葉も、二人が教室に入りやすいように促す教師の優しさだった。

誉とギャンは、すごすごと目立たぬように、肩を小さく寄せ合いながら席に着いた。

二人が着席するのを見届けた教師は、教科書を開いた。

「え〜、今日は、後期印象派のところからだったよな……、え〜っと、34ページ」

誉は、教科書を持ってくるのを忘れたことに、今更、気づいた。

「しまった……」

教師に言われたページを開きながら、ギャンが小さな声で言った。

「一緒に見ればいいさ」

そして教科書を二人の真ん中に置いた。

ギャンが開いたページには、ゴッホの「ひまわり」の大きな写真があった。

誉は、ふと呟いた。

「ゴッホ……」

ギャンは、自分のノートを破き、それと鉛筆を誉に差し出した。

誉は、何もかも教室に忘れてきていた。

「ほらよ」

「うん」

黒板を背にして、教師はゴッホの生涯について話し始めた。誉はその声を聴きながら、教科書の「ひまわり」を見つめていた。そして、思った。

《もし自分が画家になるのなら、ゴッホのような人生は御免だな。死後評価されても何の意味もないし。だけど、生前まったく評価されなかったこの作品が、どうしてこんなにも万人の心を掴み続けているんだろう。その秘密は、絵を直に肉眼で見て初めてわかることなのかもしれないな……いつかこの目で見てみたいもんだ》

誉は、そんなことをぼんやり考えながら、紙に「ひまわり」の絵を真似て描いた。そしてその横に、画家がサインを入れるかのように、自分の名前を書いた。

後藤誉。

その時、誉は、背中に電流が走るかのような、唐突な気づきに襲われた。一瞬にして、背筋がピンと伸び、まるで、ひまわりの茎のようになった。

《そういえば自分の名前は後藤誉で、略すと後誉、ゴッホじゃないか！

え?!　後に誉って、死後評価されるゴッホそのものの名前じゃないか！

もしかして俺はゴッホの生まれ変わりなのか？》

誉は、その時、鳥肌が立つほど自分の中でとても興奮していた。誰かに伝えたい気持ちが高まっていたが、どうしたらいいのか分からなかった。

ふと横を見ると、そこにはギャンの顔があった。ギャンもまた、誉の描いた「ひまわり」の絵とサインを凝視していた。


美術館の中で、誉はゴッホの「ひまわり」を見つめていた。続々と人々が展示室にやってきて、ベルトコンベアーの荷物のように「ひまわり」の前をゆっくりと横切る。混雑から少し離れた場所で見ていた誉は、昔のことを思い出しながら、ぼうっと立ち続けていた。

誉が中学校の美術室で、教科書に載っていたゴッホの「ひまわり」を見た、その年の十二月に、棟方志功の『わだばゴッホになる』が出版された。その自伝はギャンの家の書棚に当然のように所蔵された。誉は、ギャンの家に遊びに行って見つけたその本を貸してもらって読んだ。その時の記憶が、蘇ってきた。

かつて「わだばゴッホになる」と言って、ゴッホになろうとした棟方志功は、結局はゴッホになったわけではなく「棟方志功」になった。棟方志功が選んだのはゴッホのような油彩画ではなく、木版画だ。志功はゴッホになろうとしたが、ゴッホが浮世絵の影響を受けていたということを知り、原点回帰的に日本美術に舞い戻り、浮世絵に倣って木版画を始め「棟方志功」として確立した。

誉はそのことを思い出した。つまり棟方志功は、ゴッホのバトンを受け取って、途中で自分のバトンに変換したということを。

それでは、

ゴッホのバトンは、

今はどこへ……

…………

そうか！

そういうことだったのだ！

ゴッホのそのままを受け継ぐこと！　それが俺の使命なのだ!!

「俺がゴッホになる!!!」

誉の後ろに立っていた男が、誉に「ゴッホ」と呼びかけた。振り向くとそれは呼びかけではなく、ゴホッゴホッという咳だった。誉は我に返り、踵《きびす》を返し脇目も振らずに、美術館を後にした。

一階まで降りた誉は、〃パンタロン〃の裾から外に出て、立ち止まった。

誉は、美術館の学芸員をやってはいたものの、絵を描くことを専門的に学んだ経験は一切なかった。絵を描いた経験は中学高校の美術の授業程度、ましてや油絵など、どのように描けばいいのかまったく知識がなかった。

ゴッホが画家としての人生を志し、スタートさせたのは27歳。

奇《く》しくも、この時、誉も27歳だった。

ゴッホは画家になろうと決めて歩き出した時、いったいどんなことを考えていたんだろうか。

季節は、秋に差し掛かる頃だったが、外はまだ太陽の日差しが強かった。

誉は、太陽を見て、眩しそうに目を瞑った。すると太陽に重なるようにして、瞼《まぶた》の裏にゴッホの「ひまわり」の残影が見えた。瞼の裏の「ひまわり」が、再び誉に囁きかけた。

その囁きは、もはや誉自身の心の声でもあった。

「「「私はいつも、まだ自分ができないことをする。そのやり方を学ぶために」」」

誉は、太陽のいる方向へ、歩き出した。

ゴッホの「ひまわり」との初対面の日と同じように、街頭ビジョンには天気予報が映し出されていた。あの日と違うのは、暑さもだいぶ和らいでいたことと、誉の決意だった。

天気予報では、気象衛星ひまわりからの映像をもとに、気象予報士が、日本列島に近づいてくる台風についての解説をしていた。

5

気象衛星ひまわりが打ち上げられたのは、1977年。

公立高校に進学した誉は、17歳の高校二年生になっていた。同じ高校に進んだギャンとは、二年になって違うクラスとなったが、二人の関係は相変わらず続いていた。

変わったことといえば、誉が、画家への憧れをなくしたことだった。もともと画家としての技量や才能に自信があったわけではないし、画家で食べていくことの難しさを知って、自然と憧れの気持ちが消えていった。

部活に入っていない誉は、同じく帰宅部のギャンと、放課後の教室で音楽や映画の話題で延々と談義をするのが日課だった。

二年生になって間もない五月のある日。いつものように放課後の教室で散々語り合った後、二人は音楽室の前を通った。すると中からピアノを奏でる音が聞こえてきた。ギャンは、すぐさま「ベートーベンの『月光』だぜ」と教えてくれた。

「そうか、あの曲が『月光』か」

「ん？」

「ビートルズの『ビコーズ』って曲あるだろ？　あれ、ベートーベンの『月光』のメロディーを逆に弾いたものから生まれたんだよね。ヨーコが『月光』をピアノで弾いてた時に、ジョンがふざけて譜面を逆さまにしたら、ヨーコもそれに乗っかって、譜面を逆さまのまま弾いたんだって。そのメロディーが案外良くって、そこからインスパイアされて『ビコーズ』ができたんだよ」

「へぇ〜。ベートーベンのことはわからないくせに流石ビートルズには詳しいよな」

「なぁ……それより、誰が、弾いてるんだろう？」

「あ〜、たぶん、アイツじゃないか？」

「え、アイツって？」

「ウチのクラスに、吹奏楽部でピアノやってる女子がいてさ」

「そうなの？」

「うん。多分ケイだ」

「……ケイ」

誉は、ケイという名前を聞いて、ベートーベンの『月光』のメロディーが、なんだか一段と強くなった感じがした。

ケイの『月光』を聞いてから、誉は、ギャンのクラスに行く楽しみが、一つ増えた。ケイの席は、教室の窓際の一番後ろで、廊下側の一番前のギャンの席とは離れていた。誉は、休み時間にギャンのクラスに行く時はいつも、ギャンとおしゃべりをしながらも、遠くに見えるケイのことをちらちらと観察していた。

ケイは、息を飲むような美人だった。そして、何か不思議な魅力を内に秘めている。その美しさゆえにケイは、男子生徒からはアイドルのように扱われていた。噂では、何人もの男子が、ケイに告白しては振られているらしい。男にはまったく興味がないのだろうか。誉は、ケイに声をかけることができなかった。

ケイは、いつも席に座って、一人で本を読んでいる。遠くに座っているから、何の本を読んでいるかは誉にはわからなかった。黄色が好きなのか、リボンやヘアゴムなど、毎日、身につけるものに、必ず一つは黄色のものがあった。
誉は、黄色い花に吸い寄せられる、ミツバチのようだった。

6

高校二年生の夏休み。三年になると、大学受験や就職活動で忙しくなるので、例年、修学旅行は二年の夏休みごろに実施されるのが決まりになっている。誉の高校では、修学旅行の行先は長崎に決まった。

修学旅行では、クラスごとにくじ引きで班が決められる。しかし実際は、班を厳格に守るような生徒は、ほとんどいなかった。

誉もまた、クラスが異なるギャンの班と行動を共にした。高校に入っても、友達と呼べる者はギャンくらいしかいなかったから、誉にとってはくじ引きで決められた班にいることは苦痛でしかなかったし、なによりギャンの班にはケイがいた。ギャンのクラスでの班決めのくじ引きで、ギャンとケイともう二人を合わせて四人組の班だったが、後の二人は別の班に行くことにしたので、ギャンの友人として誉が班に加わり、ケイの友人として、違うクラスだが吹奏楽部で一緒のメイが加わった。

夏になる頃にはもう、ギャンとケイは知らない仲ではなかった。ギャンは音楽に詳しいし、ケイと共通の話題もあった。誉は、ケイとはまだほとんど会話をしたことはなかったが、フランクなギャンが、自分とケイの間に入ってくれることがとても心強かった。メイもまたとても気さくで、初めて会ったばかりなのに、ギャンとメイはすぐに意気投合した。

修学旅行では、当然のことながら、長崎の原爆に関連する平和公園や平和祈念像、長崎原爆資料館を訪れる。しかし高校生にとって興味を引くものではなく、男子生徒は終始しらけ顔で、女子生徒は新御三家についてのおしゃべりに夢中だった。

そんな周囲をよそに、ケイは真剣に原爆被害者の遺品を見つめていた。その様子が誉には不思議で、ケイに声をかけた。

「さっきから、ずっと見てるよね」

ケイは、なにかの想いに耽っていたようだった。

「……え？　ああ、うん……」

「こういうのに、興味あるの？」

「うん、まあね……」

誉は、なにか言葉を繋げようとしたけれど、その言葉を待たずに、ケイの方から口を開いた。

「原爆に殺された人たちは、どういう想いだったんだろうね……」

「……」

「誰か、救うことはできなかったのかな……」

「誰か？……」

「そう。長崎に原爆が落とされたのは、広島の三日後だよ。もしかしたら、誰か気づけたかもしれないじゃん……」

「気づく……？」

「また原爆が落とされると気づいてたら、防げたかもしれないじゃん……」

「……そうだね」

「そんなこと考えちゃって。私、変だよね……」

「そんなことないよ。そうだね、誰かが救えたかもね……」

誉は、それから何も言うことができなかった。

◌ ◌ ◌

夜は、高校が貸し切りにした旅館に泊まった。修学旅行といえば、男子が気になる女子の部屋にこっそり忍び込んで盛り上がるというのがお決まりごとだ。消灯時間は夜の10時と決められていたが、高校生がそんなに早い時間に就寝するわけがない。男子部屋では、早速、コソコソと抜け出す準備が始まる。女子部屋では、好きな男子の話題できゃっきゃと盛り上がる。

しかし、ケイとメイは、修学旅行のお決まりごとには興味がなかった。かといって、そんなに早くに就寝することもつまらないと思っていた。そこで、二人で宿を抜け出そうということになったが、夜の街を女子だけで歩くのはちょっと心細い。そこで同じ班の誉とギャンに白羽の矢が立った。メイはギャンに夜中の長崎散歩を提案し、ギャンもノリよくオーケーした。

四人は、平和公園へと向かった。公園内には、原爆の爆心地に碑が立っている。

ケイは、碑を前にして、夜空を見上げた。

1977年8月18日、その日は、三日月だった。

三日月のか細い月明かりが、ケイの横顔をほのかに照らした。

ケイの白い肌がぼうっと輝き、夜の闇を切り裂いているようだった。

ケイは、黙って月を見ていた。誉は、昼間、ちゃんとケイと話せなかったことを悔いていた。「今度は自分から話さないと！」と思い、とにかく話し始めた。ビートルズのことが口を衝いて出てきた。思いに任せてどんどん話し続けた。ビートルズの魅力について、その偉大さについて。そして「そんなすごいものを、なぜ、みんなはそれほどすごいと思っていないのか？」「それならば、そのことを誰よりも分かっている自分が伝えていかなければならない！」——と、どんどん興奮していき、自分の思いの丈を夢中で話し続けた。いつの間にか、ギャンとメイはいなくなっていた。誉はそんなことにも気づかず自分の話に没頭していた。ケイはたまらなくなって、ぷっと噴き出した。

誉は、なぜケイが笑っているのか理解できずにいた。そんな誉を察して、ケイが言った。

「ごめんなさい。ずうっと一方的に自分の言いたいことばかり話してるのが、すごくおかしくって」

「あ、ごめん！　俺ばっかり……」

「いいの、いいの。私、いっつも男子たちから言い寄られてて、どいつもこいつも私を褒めることばっかり。私を喜ばせようと、私に合わせるばっかりで、みんな自分ってものを持ってないんだなぁって思ってた。なんか、そういう人って、その人の本質が見えてこないのよね。でも、誉くんは、なんか違う。私のことなんか関係なく、ずうっと自分のことばっかりしゃべってる。でも、それがおもしろいし、すごく新鮮で、なんか笑っちゃったの」

誉は、褒められてるのか、呆れられてるのか、よくわからなかった。周囲の木々で、セミが振り絞るように腹を震わせて鳴いていた。ケイは、再び三日月を眺めていた。目の覚めるような美しいケイの横顔を見ながら、誉は、もし、かぐや姫が本当に存在するのなら、ケイのような女性なんだろう、と思っていた。

今度は、ケイのほうから尋ねてきた。

「……ねぇ、知ってる?」

いつの間にか、ケイはこちらを向いていた。突然の声に、誉は驚きつつも、平静を装って、ケイに向き合った。

「なに?」

「ボイジャー」

誉は、思いもよらない単語がケイの口から出てきて、一瞬、何のことかわからなかった。

「え?」

「アメリカのNASAが打ち上げる、惑星探査機のボイジャー」

ようやく誉の頭の中で回路が繋がった。

「ああ、ボイジャーね。ボイジャーは知ってるよ」

1977年、ボイジャー1号と2号が、太陽系の外の惑星を探査するために打ち上げられた。ボイジャー2号の打ち上げは8月20日、1号は9月5日だった。1号の打ち上げが後なのは、システムの不良で打ち上げが延期したため。そして三日月のこの夜、8月18日は、ボイジャー2号の打ち上げを目前に控えた日だった。

ケイは夜空を見上げながら、遠くの地で打ち上げられるボイジャーの、気が遠くなるような宇宙探査旅行に、想いを馳《は》せていた。ケイは、言葉を続ける。

「ボイジャーには、ゴールデンレコードっていうのが、載せられるんだって」

「へぇ〜、そうなんだ」

「地球外知的生命体に、『地球人ってこんな人です』って、伝えるためのレコードなんだって」

「宇宙人へのメッセージなんだ……」

「そう。それで、そのレコードには、いろんな地球の音といっしょに、音楽も入れるべきだっていうことで、バッハの『プレリュード』なんかも収録されてるんだって」

「音楽をボイジャーに載せたんだ」

「そう。音楽で、宇宙人と交信しようとするなんて、素敵じゃない？」

「そうだね。音楽は、宇宙を越える、普遍的なもの、ってことか……」

「そう、でも、音楽だけじゃないよ」

「え？」

「普遍的なものは、音楽だけじゃない」

誉は、ケイの言葉を待った。

「絵画とかアートだって、人が想像力から生み出したものは普遍的に伝わるものだよ」

「確かに、そうかもしれないね……」

ケイは、物思いに耽っているようだった。そうした沈黙と夜の闇に、ちょっと気後れした誉は口を開いた。

「……そういえば、ケイ、……さん」

未だに、ケイのことをどう呼んでいいかわからなかった誉は、少したどたどしくなってしまった。そんな誉の様子に、ケイはくすくすと笑って返事をした。

「ケイでいいよ」

「……ああ、うん……ケ、ケイ」

「なに？」

「ピアノ、いつも練習してるの？　……その、『月光』を音楽室で弾いてるの、見かけるから……」

「ああ、うん。子どもの頃から、ピアノ習ってたから、それで部活にも入ったし。よく曲名知ってたね？」

「……ああ、うん、まあね」

誉は、ギャンに教えてもらったとは、言えなかった。

「『月光』は、私が一番好きな曲なんだ」

「そうなんだ」

「今日も三日月がきれいだけど、私、月が好きなんだよね」

「どうして？」

「……う〜ん、理由は特にないんだけどね……なんでだろ……」

ケイは、再び、月を見上げた。そして、まるで何か重要なことを思い出したかのように、誉に言った。

「ひまわり!!!」

「え？」

誉は、いったい何のことかさっぱりわからなかった。しかし、ケイは、誉の方を向き直して、再び繰り返した。

「ひまわり！」

「ひまわり？」

「七月に、ひまわりも打ち上げられたでしょ！」

1977年7月14日には、日本初の気象衛星の『ひまわり』が打ち上げられた。

「ああ、気象衛星の？」

「そう。ひまわり。……ひまわり、見えないかな？」

「人工衛星って、肉眼で見えるの？」

「うん、見えるらしいよ」

「そうなの⁉」

「……あ、でも、今日は月があるから、無理かもなぁ」

「……でも、なんで、『ひまわり』って名前なんだろうね？」

「う～ん……ひまわりは、いつも太陽の方向に花を向けてるっていうでしょ」

「うん」

「気象衛星ひまわりも、いつも地球をずっと見てるから、『ひまわり』なんじゃない？」

「なるほど。それじゃあ、ひまわりにとっては、地球が太陽なんだね」

「……まあ、そういうことになるね」

ケイは、再び、三日月を見上げた。ケイは、ベートーベンの『月光』を、かすかに聞こえるか聞こえないかくらいの小さなハミングで、歌い出した。セミのけたたましい鳴き声の中にいるのに、ケイのハミングは不思議と誉の耳にしっかりと届いていた。

誉は、ケイの『月光』を聴きながら三日月を見上げた。

遠くの木立越しに、大きな三日月があった。その月はもはや太陽のように力強くなっていた。そして星がいくつも輝いていた。月も星もそのどれもが独特な強い光彩を放っていた。そこへ一陣の冷たい風が吹いた。その風は目に見えるうねりとなって、月と星の光を掻き回した。

ふと、ケイは『月光』を口ずさむのをやめて、呟いた。

「まるで、ゴッホの『星月夜』みたいだね」

まったく同じことを考えていた誉は、ケイの言葉に驚いた。

7

1979年、誉は大学生になった。誉の大学生活が始まろうとしていた3月28日、アメリカ合衆国のスリーマイル島で原発事故が起こり、日本でもそのニュースが話題となっていた。しかし、新生活の準備に追われていた誉には、ほとんど関係のないことだった。誉は、東京のごく普通の大学に進学した。ギャンも大学に進学した。選んだのは芸術大学の美術学部だった。誉にとってギャンの選択は意外だった。

そしてケイは、ギャンと同じ大学の音楽学部に進んでいた。

ケイと誉は、高校二年の夏、修学旅行のすぐ後から付き合い始めた。二人は、進学をきっかけに家を出て同棲を始めた。小さな部屋だったけれども、音大に進んだケイのためにアップライトピアノが置かれた。誉には、特に大きな私物もなかったので、それは構わなかった。なによりも、ケイの『月光』がいつでも聴けるのが嬉しかった。

誉の大学生活は、これといって取り上げることのない、至極、普通のものだった。普通にサークルの飲み会に参加して、普通に授業に行ったりサボったりして、無難に単位を取っていった。誉の強烈に思い込みが激しい癖は、めっきり鳴りを潜めていた。そのせいか大学では友達もできた。そして、ギャンと会うことは少なくなっていった。

ギャンとの仲が悪くなったわけではなかったが、ギャンが作品制作で忙しい日々を過ごしていたから、気を遣っていた。……というのは建前で、ギャンと会うと芸術の道に進んで、目標を持ってやりたいことを貫き通しているギャンに嫉妬してしまうのではないか、そして自分がみじめな存在に思えてしまうのではないか、そう思うのが怖くて会えずにいた。

ギャンの近況は、同じ大学のケイから、逐一誉に伝えられていた。

◌ ◌ ◌

大学の冬学期が終わった1981年の二月のある日。

誉とケイは、コタツに入ってテレビを見ていた。誉はみかんの皮を剥き、白い筋を全部きれいに取り除いている。そんな誉を見ながら、ケイは感心して言った。

「ほんと、きれいにみかん剥くよね～」

すっかり白い筋が取り除かれ、丸裸にされたみかんは、恥ずかしげにつやつやとしていた。

誉は満足して顔を上げると、そこに鯉のように口をパクパクさせたケイがいた。

誉は、一房取って、まん丸く開いたケイの口に放り込んだ。

テレビのニュースでは、先日、初めて来日した教皇ヨハネ・パウロ2世の長崎や広島への訪問について報じられている。教皇は集まった人びとに対して、日本語で「戦争は人間の仕業です」だとか「戦争は死です」とスピーチで語りかけている。

「長崎、懐かしいね～」

ケイは、みかんをモグモグしながら思い出に浸っていた。

「そうだね。ローマ教皇、来てるんだね」

誉も、みかんを一房、口に放り込んだ。口の中で果汁が弾ける。

「あ、そうそう。……ギャン、タヒチに行くんだって」

ケイはテレビを見ながら、さも何事もない風にギャンの近況を伝えた。まるで、ギャンが、近所にタバコを買いに行くかのようなニュアンスだった。

驚いた誉は、みかんの果汁が気管に入りそうになって咳き込みつつ、ようやく声を絞り出して言った。

「タヒチ⁇!!」

ギャンは、その前の年にも一年間ほどフランス遊学をしていた。芸術大の学生にとっては、そういったことは当たり前にするもんなんだろうと、当時は、それほど驚かなかった。芸術の都パリとは、よく言われることだし。

でも、タヒチは別だ。

そもそも誉は、タヒチが島であることくらいはわかるけれども、それがどこにあるどの島なのか、皆目見当もつかない。タヒチとは太平洋にあるフランス領ポリネシアの島の一つである。と、誉は後で調べてそのことを知る。

「そう、タヒチ」

ケイの話す調子は、依然として変わらず、さも日常茶飯事のようであった。誉は、コタツの上の剥いたみかんの皮に目線を落とした。それはグード図法で表した世界地図のような形をしていた。とにかくこのみかんの皮のどこかにタヒチがあるのだ。ケイは、誉の手からつやつやのみかんを奪い取って、また一房口に放り込んだ。そして、酸っぱそうな顔をした。

誉は聞いた。

「なんで??!!」

「なんか、ヨーロッパとか、もう飽きちゃったみたい。人工的なものとか、それまであった因習的なものとか、そういうのは、もう、ちっともおもしろくもなんともないんだってさ～」

理由を聞いたところで、あんまり納得できなかった。ギャンの性格を考えれば、そもそも理由など重要ではないのかもしれない。

「それで、タヒチ……」

「みたいよ。ほんと、ギャンらしいよね」

ケイは、ギャンのその突拍子もない行動を、おもしろがっているようだった。誉は、そんなケイの表情を見て、少し嫉妬の感情が湧いた。

そして同時に自分に嫌気がさした。

◌ ◌ ◌

五月、ギャンはタヒチへと出発することになった。誉とケイは、ギャンを見送りに成田空港に行くことにした。当時、日本からタヒチへの直行便はまだなく、ギャンは一度、フランスへと渡航する。

この年の三年前、1978年に成田空港は開港した。空港の管制塔が占拠されるといった、空港建設反対派による過激な反対運動が思い起こされる。そうした反対運動がありながらも空港は建設され、その後、80年代には、海外旅行者数の伸びを見せた。それでも行き先は、アメリカ合衆国やヨーロッパが中心で、ギャンのようにタヒチに行く人はごく少数だ。

成田空港の出国ゲートの前に、ギャンがいた。

まだ、タヒチにいるわけでもないのに、Tシャツに短パン、足元はビーチサンダル、という出《い》で立《た》ちだった。ギャンは、衣類や日用品などの荷物は、チェックインカウンターで預けて、画材は大事なものだからと手荷物として持っている。

誉は、ギャンがフランス遊学をしていたこともあって、会うのは一年以上ぶりだった。ギャンと会ったら嫉妬に駆られてしまうんじゃないかとか、自分を小さな存在だと卑下してしまうんじゃないかとか、誉の頭の中はネガティブな考えが渦巻いていた。

しかし、高校の時と変わらないギャンの屈託ない笑顔を見た瞬間、そんなものはきれいさっぱり吹き飛んでいった。

「誉、久しぶりだな。ケイには、先週も会ったけど」

「久しぶりだな、ギャン。それにしても、その恰好、ちょっと気が早すぎやしないか？」

「だって、どうせ向こうに行ったら、着替えるんだし」

「まぁ、そうだけどな……」

誉は、続けて、ギャンに尋ねた。

「でも、また、なんでタヒチなんかに？」

「理由なんて、特にないさ」

「そんなことだろうと思ってたよ……」

でも、ギャンは、ふと思って、付け足した。

「まあ、でも、一つ理由があるとしたら……」

「なんだ、あるのかよ」

ギャンは、少し、返答するのをためらっているようだった。その様子を見て、誉は、ギャンを促した。

「なんだよ、もったいぶって、らしくないな」

「もしかしたら……俺はゴーギャンなんじゃないか、と思ってね」

「ゴーギャン？」

「そう、ゴーギャンはタヒチに行った、だから、ギャンも、タヒチに行く」

誉は、ギャンの突拍子もない発言に、笑いながら言った。

「なんだよそれ。思い込みが激しすぎやしないか？」

でも、ギャンは、大真面目な顔をしていた。そして、誉に言った。

「思い込みが激しいのは、誉の影響だぜ」

ギャンの言葉を聞いて、誉は、笑うのをやめた。ギャンは、誉の目をまっすぐに見つめながら、続けた。

「誉、あの頃から変わってないよな？」

誉は、心の奥底がチクッとするのを感じた。

「思い込みが激しいってのは、それだけ想いが強いってことだ。それは悪いことじゃない。

想いの強さは大切だぜ」

ギャンは、誉の背中をパシンと叩いた。

ちょっと強めで、ジンジンした。痛かった。でもその痛みがじわじわと心地よくなってきて、誉の心の奥底のチクリは消えた。

その時、搭乗のアナウンスが流れた。

「それじゃ、俺、行くわ」

ギャンは、言った。

「ああ、行ってこい、ギャン」

誉は、言った。

ギャンは、思いついたかのようにまた言った。

「英語にしたら、ゴー！　ギャンだな」

「そうだ、ゴーギャン！」

「お前は、ゴッホだったよな」

「もちろん！」

二人は、笑いあった。そして、ギャンは、付け加えた。

「でも、俺たちはあいつらと違って、ケンカ別れするようなことはないけどな」

「もちろん！」

二人は、大笑いした。

ケイは、黙って見ていた。放課後の教室でいつ終わるともないやりとりを楽しんでいた高校生の誉とギャンを思い出し、微笑みながら。

8

誉は、留年することもなく、普通に就活して卒業後、保険会社に就職した。ケイは、ピアノ教師の仕事に就いた。

保険会社に入社して、保険の営業マンとしてやっていくのだろうと誉は思っていた。しかし、意外にも配属されたのは、会社が所有する美術館だった。もしかしたらギャンとの交友の中で、誉は芸術に少なからず触れてきたし、そのことが会社側に伝わったのかもしれない。学芸員の資格を持ってはいなかったが、学芸員補として働くことになった。

入社してから三年が経った１９８６年の春、誉とケイは結婚した。その年にケイは妊娠し、翌年の春に子どもが生まれた。女の子だった。子どもが女の子だったら、名前はケイが決めることになっていた。

ケイが出産を終えた翌日。会社は午後出勤としていた誉は、ケイのいる病院に立ち寄った。部屋には、ケイと生まれたばかりの赤ん坊がいた。誉は、書類やかばんを脇に置き、ベッドのそばの丸椅子に腰かけ、ケイと話をしながら赤ん坊をあやした。

「名前は、もう決めた？」

「うん」

「何にするの？」

「えっとね、向日葵」

「向日葵？」

「そう、向日葵」

「春の花じゃないけど……」

「いいの。私、ヒマワリが好きだから」

「……うん」

「向日葵、いいでしょ？」

「ひまわり……、ひまわり……、うん、いいね！」

「でしょ」

「うん、すごくいい！」

「今日から、あなたは向日葵よ〜」

ケイは、向日葵に語りかけた。向日葵もまた、それに呼応するかのように、ずっと母親の方を見つめていた。部屋の窓からは、涼やかな風が入り、春の陽気な日差しが差し込んで、向日葵とケイの顔を照らしていた。

誉は、病院を出て、パンタロンビルへと向かった。ちょうど一週間前に桜が開花し、町中が鮮やかなピンク色に染まっていた。三月末のまだ肌寒い時期だったが、その日は、ぽかぽかと暖かく感じられた。

美術館の事務室に入り、誉はデスクに座った。しばらく事務作業をしていると、電話がかかってきた。

会社がゴッホの「ひまわり」を、53億円で購入したという知らせだった。

◌ ◌ ◌

「『このまま行けと、私の中の私が命じるんだ』」

ゴッホの「ひまわり」と初めて対面した日、その言葉を聞いた誉は、会社を早退した。「ひまわり」の開梱を終えて、事務室に戻ってきた誉の顔色を見て、上司はギョッとした。ひどくやつれているように見えたからだ。歴史的大名作の開梱をして疲れ切ったんだろうと思った上司は、早退したいという誉の申し出を受諾した。むしろ「早く帰って休みなさい」と声を掛けた。

パンタロンビルを出た誉は、新宿の街を歩き出した。顔はやつれていたが、目には不思議と生気が漲《みなぎ》っているようだった。あてどなく彷徨《さまよ》いながら、頭の中で、初めての「ひまわり」との対面の光景と、あの言葉がずっとループしていた。

「「自分の中で一度燃え上がった想いというのは、止めることが出来ない」」

あれは一体、何だったんだろうか。何かの聞き間違いだったのか。幻覚か。妄想か。誉が言葉を振り払おうとすればするほど、より強く誉に語り掛けてくるようだった。

「俺は、どこに行くんだろうか……」

空は曇天で、日差しはなかったが、うだるような蒸し暑さだった。外を行きかうサラリーマンは、噴き出す汗を拭きながら、せわしなく通りを行き来していた。

しかし、誉だけは不思議と汗をかいていなかった。空模様と同じように、誉の心にも、もやもやとした雲がかかっていた。心の雲が、誉を寒々とさせていた。

ふと立ち止まると、目の前には花屋がある。店先には、季節の花として、ひまわりが飾られていた。誉は、空を見上げた。

厚い雲の切れ間から一筋の光が差し込んでいた。日はやや傾きかけているようで、雲間から斜めに出た光が地上を照らし、その光景は、まさに今、空から天使が降りてきそうな、宗教画のようだった。

一筋の光は、誉の心にも差した。

微かで、か細い、光。しかし、それは確実に差し込んできていた。

誉は、それを感じた。

◌ ◌ ◌

いったいどれくらい歩いていたのだろうか。

帰宅した時は、すでに夜の8時をまわっていた。ケイは、誉のいつもとは違う様子にすぐに気が付いたが、あえて触れなかった。

「おかえりなさい」

「ただいま」

誉は、ベビーベッドの横に腰かけ、向日葵の頬をぷにぷにと触った。向日葵は、生後四か月になっていた。頬を触られながら、向日葵は、じっと誉の顔を見上げていた。

夕飯のカレーを食べている時も、ケイは誉に何も聞かずに、向日葵が最近よく笑うようになったことや、今日、スーパーで特売品をゲットしたこと、タヒチから帰ってきているギャンから電話があったことなどを、ずっと話した。

夕食を終えた頃には、向日葵はすやすやと夢の中にいた。

ダイニングテーブルに向かい合って座り、ケイが誉に問いかけた。

「ねぇ」

「うん？」

「今日、何かあったのね」

ケイは、そこでようやく誉の変化に触れた。

誉も、自分が変わってしまっていることにケイは気づいている、ということがわかっていた。お互いに気遣い合っていた。

誉は、すべてをケイに話した。

ゴッホの「ひまわり」と目が合ったこと。

そこで感じた衝撃と衝動。

確かに聞いたあの声。

そして、今、自分が感じている、使命感とも焦燥感とも何とも言えないたまらない気持ち。

そのすべてを一気に吐き出した。

ケイは、じっと黙って、誉の目を見つめながら聞いていた。

すっかり話した誉は、書類かばんから一枚の紙を取り出し、ダイニングテーブルの上に置いた。テーブルの上の天井からは、白熱電球の照明が吊り下げられていて、かさの柄は黄色いひまわりだった。その明かりが、テーブルの上の紙を照らしている。

離婚届だった。

誉のサインと判子はすでに済ませてある。

「……これを、……渡しておきたいんだ」

ケイは、黙っていた。

「……お金のことは心配しないで。信じて欲しい」

誉は立ち上がって、向日葵が寝ているベビーベッドの横に座った。そして、向日葵のふっくらとした顔を、くしゅくしゅと丸まった手を、ふくれたりしぼんだりするちっちゃな風船みたいなおなかを、順番に優しく撫でた。最後に、かたくグーッと握っている足を撫でるとバタバタッとした。誉は、そのすべてを目に焼き付けた。

そして、そのまま玄関に向かった。去り際に、ケイの横顔を見た。その横顔は、長崎の月に照らされていたあの時と同じだった。

誉は、ドアをそっと閉めて、家を出た。

マンションから出る時、どこからかピアノの『月光』が聞こえてきた。

◌ ◌ ◌

日付がもうすぐ変わろうとしている頃、誉は、とあるマンションの一室の呼び鈴を鳴らした。ドアを開けて、中から出てきたのは、ギャンだった。

「おう、なんだ、誉か。ひさしぶりだな！」

「元気そうだな、ギャン。こんな遅くにごめん……」

「どうした、急に？」

少し黙っていた誉に、ギャンが促した。

「まあ、とりあえず、中に入れよ。昨日、帰ってきたばっかりで、まだ荷物もほどいてなくてさ、ちょっと散らかってるけどな」

ギャンは、そう言って笑いながら、部屋の奥へと誉を誘った。冷蔵庫から缶ビールを二本取り出して、一本を誉に放って投げた。部屋は、確かに散らかっていて、あちこちに段ボールやら、薄汚れたバッグやらが転がっていた。誉は、そのうちの一つの段ボールに腰かけた。ギャンはかろうじて見える地べたのスペースに座った。そして、こぢんまりした部屋に、缶ビールを開けるプシュッという音が、時間差で響いた。

「かんぱーい」

「おかえり、ギャン」

二人は、ゴクゴクと喉を鳴らす。ギャンがたまらず言った。

「やっぱ、日本のビールはうめぇな！　久しぶりだぜ！」

「タヒチみたいな南国で飲む方が、よっぽどうまそうだけどな」

「ま、それもいいんだけど。それはそれ、これはこれってことだよ」

それからは、ずっとギャンのタヒチの土産話が続いた。日本を出た後、結局、一年ほどフランスに滞在していたこと。タヒチに渡ると、ある老夫婦と知り合い、部屋に住まわせてもらい、とても良くしてもらったこと。島民からは、やっぱり「ゴーギャン」と呼ばれていたこと。日がな一日、海で泳いだりして楽しんでいたけれど、それも三か月ともたず飽きてしまったこと。それからは、ずっと絵を描いていたこと。

そんな話をしているうちに、ビールの空き缶が一本また一本と増えていく。

誉は、ギャンの話をずっと聞いていた。

そんな中で、ギャンが切り出した。

「そういえば、一度、ケイに、誉なんかどうして好きになったのかって、聞いたことがあったな」

「誉なんか、ってどういう意味だよ」

「ごめん、ごめん。でも、こんなこと言ってたよ」

誉は、黙って続きを聞くことにした。

「あんなに自分のことばっかり話す人、初めてだったからって。他の男は、ケイに気に入られようとケイのことばかり話してたけど、誉は自分のことばっかり。ケイは、こんなに私のことを訊いてこない人、初めてだったって……」

そこで、たまらずギャンは噴き出した。

「悪い、悪い。でも、ほんと誉らしいなと思ってね。それで、ケイは、なんて誉ってピュアな人なんだって思ったらしいよ。ケイが知らないこともたくさん教えてくれたし。誉は、ケイ以外にも情熱を傾けられるものがいっぱいあったから、安心したんだってさ。それって本当に大事なことで、ずっと同じところにいちゃダメだって、それがクリエイティブってことなんだって、そう言ってたよ」

誉は、ケイがそんなことを思っていたなんて、まったく知らなかった。

「それで、ケイとはうまくいってるのか？」

ギャンが訊いてきた。

誉は、黙ってしまった。

「なんだ、誉らしくねぇぞ」

誉には、ギャンが全部、お見通しのように思えた。だから、普通の人間に話したら絶対に頭のおかしいやつだと思われてしまうような、自分に起こった出来事を、そしてそのことで自分の中で起きた変化のことを一切合切話した。話しているうちにどんどん熱がこもってきて、いつもの自分のことばかりの誉に戻っていった。

一通り、誉が自分のことを話すのを聞き終え、ギャンは言った。

「俺が、どうして誉と仲良くやっていけると思ったのか、わかるか？」

「いや……」

「誉がゴッホに思えたからだよ」

誉は、はっとした。

「子どもの頃から、誉ってやることなすことゴッホに似てるなって思ってたんだ。ほんとゴッホそっくりだって。そして俺は、ゴーギャン。仲良くならないわけないだろう」

二人は会わなかった長い期間を埋めるかのように語り合った。そして、いつしか眠りこけてしまった。夜が白々と明けた頃、誉は、起き上がった。ギャンの部屋を出ようと立ち上がると、横になったままギャンは声をかけてきた。

「行くのか」

「ああ、行く」

ギャンも立ち上がって、誉に向かい合って言った。

「あのさ」

「なに？」

「なんかよくわかんねぇけどさ」

「なんだよ」

「なんか……あの頃の、誉が、戻ってきたよな！」

「そうか？」

「そうだよ!!　おかえり!!」

ギャンは誉の後ろに回り込んで、パシンと背中を叩《い》いた。

「痛ってーなー！」

誉は、笑っていた。

叩かれてジンジンする痛みは、懐かしさと温かさを伴って誉の背中を押していた。

誉は、この背中のジンジンを忘れないようにしようと思った。

「じゃあ、俺、行くわ」

「行先はわかったんだな」

「ああ」

「だったら、そのまま行けよな」

マンションを出ると、もう太陽は顔を出しきっていた。セミもジージーと鳴き始めていた。隣にある児童公園で、誉は、ブランコに座って、じっとセミの声に耳を澄ませていた。

すると、再びあの声が聞こえてきた。

「「このまま行けと、私の中の私が命じるんだ」」

9

秋も深まってきた十一月、誉は、都下に小さなアトリエを借りた。

誉は、ギャンにアドバイスを受けながら、必要な画材を手に入れていった。「ひまわり」

を描くのに欠かせない黄色の絵の具については、ゴッホが好んで用いていたのはクロムイエローだということがわかった。被写体となるひまわりは、夏の花であるが、晩秋でもまだ咲いている地域があることもわかった。誉は、ひまわり栽培農家を直接訪れいくつか譲ってもらった。

花瓶を買うまでの経済的な余裕はなかったので、空きびんを拾ってきた。びんに貼ってあるシールを、ゆっくりゆっくりとはがす。シールの跡を少しも残さずに。

誉は、昔から、びんを拾ってきてはシールをきれいにはがすのが好きだった。はがし跡の残っていない、いろいろな色のガラスびんを並べて太陽にかざして見ると、まるで教会のステンドグラスのようにキラキラと輝いて見えた。それを見るのが好きだった。

白いキャンバスと、空きびんに活けられた数本のひまわりが揃った。この真っ白なキャンバスに、いよいよこれから「ひまわり」を出現させなければならない。

しばらく、ひまわりをじっと見つめていた誉は、ようやく絵筆をとってキャンバスに描き始めた。ゴッホの作品制作の速度は異常で、最後の二か月は、一日で一枚仕上げるほどのハイペースだったという。ゴッホが画家を志してから死ぬまでの期間は、実質では十年ほどだったが、その作品のほとんどは晩年の二年半の間に描かれたものだった。魂を一点に集中させる度合いは、まさにひまわりが一生に一度の短い夏の間に命を懸けて大輪の花を思いっきり咲かせる、そのことと重なるようだ。

誉は考えていた。

ゴッホは死ぬまでに「ひまわり」を11枚描いた。もしゴッホが長生きしていたら、きっともっとたくさんの「ひまわり」をハイペースで描き続けていただろう。ゴッホは人生で何枚の「ひまわり」を描くつもりだったんだろうか。本当は何枚の「ひまわり」を描きたかったんだろうか。そして俺は、今から死ぬまでに何枚の「ひまわり」を描けるんだろうか。俺は何枚の「ひまわり」を描かなければならないんだろうか……。

誉が、最初の「ひまわり」をようやく完成させることができたのは、十二月に差しかかった頃だった。描き始めから二週間以上が経過していた。

しかし、描きあがった「ひまわり」は、到底納得のできる代物ではなかった。

誉は、自分が描き上げた「ひまわり」を前にして、茫然としていた。

実際に描いてみて、ゴッホと後藤誉の、その歴然とした差に叩きのめされた。

がらんとしたアトリエは、初冬の冷気に包まれていた。目の前には、誉によってキャンバス上に、この世に産み落とされたばかりの「ひまわり」がある。絵の対象物として空きびんに活けたひまわりは、描き終えるとほどなくして、生気が絵に吸われてしまったかのように枯れ果ててしまった。このアトリエにある生命は、誉とキャンバスの中の「ひまわり」だけだった。

また、あの声が聞こえてきた。

「――偉業は一時的な衝動でなされるものではなく、小さなことの積み重ねによって成し遂げられるのだ――」

アトリエは、冷やされた空気がすべての分子活動を停滞させて、音もしんと静まり返っていた。重い冷気が溜まっている中で、直接語りかけてくる声。それは空気の振動によらない声。それは自らの心臓の振動によって震わされて出てくる声なのかもしれない。心の震えが声になって聞こえてきたのかもしれない。

誉は、自分が描いた「ひまわり」を見つめながら、その声を反芻《はんすう》していた。

すると不思議と落胆の気持ちが安らいでいった。

とにかく、「ひまわり」を描いていくしかない。

◌ ◌ ◌

その日の夜、誉は、久しぶりに母に電話をした。

母は福島県で生まれ、結婚を機に東京に出てきた。誉は東京で生まれたが、誉が中学に上がる前に父が他界した。誉が就職した頃、母は祖母の介護のために実家のある福島に戻った。誉も毎年、年末年始は母の実家で過ごした。しかし今年は、福島に帰るつもりはなかった。いや、できなかった。仕事を辞め、離婚もして、ゴッホになることを志していることを、母親に話すなどできようはずもなかった。

電話口では、息子が勤める美術館が購入したゴッホの「ひまわり」の話題で持ち切りだった。日本中を騒がせているゴッホの「ひまわり」を、息子が取り扱っていることを、母はたいそう誇りに思っていた。誉は辛《つら》かった。

母は、その年の八月に運転が開始された、福島の第二原発4号機についての話をし始めた。実家は福島第一原発の近くにあったので、親子の間ではこうした話題は当たり前のことだったが、1986年の春にあったチェルノブイリ原発事故の話にもなり、母はいつもより気がかりな様子だった。

電話を切る間際、誉は、仕事が忙しくてしばらくは実家に帰れないと伝えた。

電話を切ると、アトリエ内は、余計に静けさが際立った。明かりの少ないアトリエ内で、誉の描いた「ひまわり」がぼうっと光を放っていた。誉は、さっきまで母親と話していたこともあってか、「ひまわり」を眺めながら、子どもの頃、母と一緒に行った大阪万博のことを思い出した。

1970年、3月15日から9月13日まで、大阪で万国博覧会が開催された。誉は小学五年生だった。たまらなく万博に行きたかった誉は、両親に「一生のお願い」をした。小学生の言う「一生」が、本当に一生であるわけないが、夏休みに家族で大阪に行くことができた。

万博会場は、恐ろしいほど混雑していた。しかし、誉は、そのことはまったく気にならなかった。万博に来ることができただけで幸せで、人の多さにさえ感動していた。

そんな中、誉の興味を強く引き付けたのは、『太陽の塔』だった。

芸術家の岡本太郎が制作した『太陽の塔』。塔のてっぺんには、金色に輝く「黄金の顔」がある。正面には大きな「太陽の顔」があり、その真裏には、印象的な冷たい目をした「黒い太陽」の顔がある。黒い太陽は過去を表しているとともに、原子力を表していて、ひたすら過剰に進歩を目指そうとする人類への警告でもある。

誉は、太陽の塔を一目見て、驚愕と興奮で卒倒しそうになった。70メートルに及ぶ身長、そのフォルム、色合い、つい数年前、夢中になって凝視していたブラウン管の中のウルトラマンと怪獣が合体して現実世界に出現した感覚に陥り、その姿に正義と悪の渾然一体を感じ、えも言われぬ畏敬の念を抱いた。太陽の塔は、誉の目に激しく焼き付いた。

夏休みが明けて学校が始まり、クラスでは万博の話で持ち切りだった。そして、ほどなくして万博は会期が終了した。このことに誉は憤りを覚えた。

「いったいどういうことなんだ！」「万博が無くなるってどういうことだ！」「ずっとやってなきゃダメだろ！」「太陽の塔は絶対なくなったらダメなんだ！」と、ギャンに不満をぶつけた。ギャンに言っても仕方がない。ギャンは、万博が期間限定だってことを知っていたし、誉がなぜそんなに怒っているのかもよくわからなかった。

ほどなくして、万博会場は取り壊された。しかし太陽の塔だけは残されることがわかった。それを知った誉は、狂喜乱舞した。

「俺が残した方がいいと思ったから、太陽の塔が残った！」「太陽の塔だけは！って願ったから残った！」「他は全部壊されたのに、太陽の塔は残った！」

太陽の塔!!!

◌

◌

◌

「太陽……」

誉は、アトリエで、自分が描いた「ひまわり」を眺めていた。その「ひまわり」は出来こそは悪いが、紛れもなく自分で描いた初めての「ひまわり」で、誉はその作品を子どものように愛おしく感じていた。薄暗がりの中でぼうっと輝く「ひまわり」は、月のようで、もあり、太陽のようでもあった。

誉の考えは巡った。

そういえば、ゴッホの『星月夜』は、月を描いているようだが、その輝きは、まるで太陽みたいだな。

そういえば、ひまわりは、英語で「sunflower」、「太陽の花」という名前だ。確かに、ひまわりの形は太陽に似ている。英語圏の人も直感的にそう思ったんだろう。漢字では「向日葵」と書く。娘のひまわりにもその字を当てた。ひまわりは、花の正面を太陽の方に向けて、ずっと太陽を見続けているように動いていくから、日に向く植物という意味で「向日葵」というのもうなずける。

そういえば、ひまわりって、シンプルに「日廻り」ってことだもんな。

でも、なぜ、ひまわりは常に太陽の方に向こうとするんだろうか？　もしかして、ひまわりは自分が太陽の子どもだと思ってるんじゃないか？

いや、実際に太陽の子どもなんじゃないか？

どんな生物も、子どもは常に、自分の母親の顔を見ていたいと願っている。

ひまわりは、英語で「sunchildren」の方が相応《ふさわ》しいんじゃないか？

この地球には、ひまわりという太陽の子どもたちがいて、その子どもたちは、常に母の元に帰りたがっているんじゃないだろうか？

そのことをゴッホは描こうとしていたんじゃないだろうか？

太陽がないと、地球は存在しえない。

太陽からすべては始まった。

太陽光のもとで、地球のこの有り難い環境が保たれている。

太陽の光は母のほほえみ。

その愛をちゃんと感じながら。

子どものひまわりたちは、太陽を追いかけ見つめ続けているんだ。

そうだ！

そうだったんだ！

ゴッホがひまわりを執拗《しつよう》に描いていた理由！

それは、ひまわりと太陽の関係性に気づいていたからなんだ！

わかった！　わかったぞ！

誉は、興奮し体中から蒸気を立ち上らせていた。

蒸気を発散するために、アトリエの窓をガラッと開けた。

窓からは、遠くの杉の木越しに、大きな三日月が見えていた。その月は太陽のような力強さがあった。夜空にはいくつもの星が輝き、月も星もそのどれもが独特な強い光彩を放っていた。

突然一陣の冷たい風が吹いた。

その風は目に見えるうねりとなって、月と星の光を掻き回した。

誉は、この光景を以前にも見たような気がした。

そこにあったのは、紛れもなく、ゴッホも見ていた、星月夜だった。

10

ゴッホとひまわりと太陽と。

そのことをずっと考えながら、誉は、来る日も来る日も、ゴッホが描こうとしていたはずの「ひまわり」を描き続ける。しかし、ゴッホの「ひまわり」のクオリティーに達するような作品は、全く、一枚も描けずにいた。

会社員時代の貯金を切り崩しながら、これまでなんとか生活を切り詰めてやってきた。絵の具やキャンバスなどの画材と、アトリエの賃料は、絶対に削ることはできない。

ひまわりの花は、夏場は自分でアトリエの脇にある小さな空き地に植えたものを使っている。しかし季節が変われば、時期外れでもひまわりを栽培している農家を見つけて、譲ってもらわなければならない。

時期外れのひまわりをひたすら探しまわり、やっとのことで小さなビニールハウスで栽培している農家を見つけた。ハウスの脇には、帽子をかぶり、長い髭を蓄えた一人の老人が椅子に腰かけていた。誉は、藁《わら》にもすがる思いで声をかけた。

「……すみません」

老人は、ぼうっと前を見つめたままでいる。もう一度、声をかけてみた。

「すみません」

耳が遠いのだろうか。反応がない。誉は、思い切って大きな声を出した。

「すみません!!!」

「声大きいな」

「あ、すみません……」

「なんじゃ?」

「あの、ひまわり……」

誉が、ひまわりと口にした途端、老人は眠たげだった目を急にまん丸く開いた。

「ひまわりが見たいんか?!」

誉は、老人の変容ぶりに、たじろぎつつ答えた。

「はい……ひまわりを探してるんです……」

「なんでひまわりを?!」

誉は、なんと説明したらいいのか、答えに迷った。

迷った挙句、半ば独り言のように呟いた。

「……とにかく、ひまわりの絵を描かないと……」

「あんたさんは、絵描きか?」

「……はい……まだちゃんと描けてはいないんですけど」

「そうか、絵描きか。なら、こっち来んさい」

老人は椅子から立ち上がり、腰に手をあてながら、ハウスの中に入っていった。足が悪いのだろうか、ひょっこひょっこと歩いている。後からついていくと、ビニールハウスは三畳ほどの小さなもので、そこに十本あるかないかのひまわりが咲いていた。どのひまわりも美しい顔をしている。老人は、それぞれのひまわりを撫でながら、まるで我が子を見るような目でみつめた。そして、おもむろに誉の方に向き直って、言った。

「どれでも好きなん持っていきんさい」

「えっ?!」

突然の意外な老人の言葉に、誉の理解は追いつかなかった。

「持っていきんさい」

「え?!」

「どれでも」

「いいんですか?!」

老人は、一呼吸おいて言った。

「あんたさんは、絵描きじゃろ」

「……はい」

「描いたひまわりの絵、ワシにくれるかのう?」

「え?!　いや……まだ人にあげるほどの……」

老人は遮った。

「ワシは、このひまわりらを子どものように思っとるんじゃ。けど、もうすぐ枯れてしまうけえ、絵にして残してくれたら、うれしいんよ」

誉にとって、またとない話だった。

「絵、もらって下さい！」

誉は何度もお礼を言った。

何度も何度もお礼を言った。

「後藤と申します。後藤誉です」

「丹下《たんげ》と申します。丹下爺《じじい》です」

丹下爺さんは、豪快に笑った。つられて誉も笑った。


丹下爺さんとの有り難い出会いの帰り道、ひまわりを抱えた誉は、とぼとぼ歩いた。画材、アトリエ、ひまわりはこれで何とかなりそうだ。しかし、それらにすべてを費やし、ここ数か月、誉は一日一食とるのがやっとだった。枯れてしまったひまわりの種をポリポリとかじることで飢えをしのぐこともあった。誉の手足は、ひまわりの茎のように細い。

「……お金、ちっとも入れてくれないって、恨んでいるだろうなぁ」

ケイと向日葵に毎月養育費を払いたいという気持ちはあった。

アルバイトをしようとも思ったが、まともな「ひまわり」が描けるまでは集中して取り組みたかった。ゴッホの「ひまわり」を描く、その目標のためには、自分がひもじい思いをしていることなど苦にはならなかった。しかし、妻と娘に対する罪悪感には苛《さいな》まれていた。

ゴッホもまた、極貧の生活の中で、絵に人生のすべてを捧げた。その代償であったのか、友人たちと不和になったり、町の人々から疎まれたりもした。ゴッホは、人々の輪の中から自ら出ようとしたのかもしれないが、それによって悩みも多く抱えていたことだろう。誉は、ゴッホの苦しみがわかるような気がした。

弟のテオは、ゴッホを経済的にも精神的にも支え続けた。まさに家族の無償の愛だ。生きることと格闘し、苦しみ続けたゴッホにとって、テオは唯一の救いだった。

そんなことを考えながら歩いているうちに、アトリエに着いた。もう夕日が沈みかけていた。

届く郵便物などあるはずがないポスト。日頃確認することもないポストに夕日が斜めに差し込んでいた。ふと目をやると、何かきらりと反射するものが見えた。中に入っていたのは一通の封筒だった。うすい黄色の封筒。表には、クレヨンで稚拙なひまわりの絵が描かれていた。それ以外は何も書いていない、郵便として送られてきたものではなかった。中を開けると、お金が入っていた。

誉は、泣いていた。

ゴッホには、テオがいた。

誉も、一人ではない。

11

ゴッホの「ひまわり」を描こうと、誉がずっと足掻き、もがき、足踏みをしている一方で、世界は目まぐるしく変化していった。ドイツを東西に分けていたベルリンの壁が崩壊し、冷戦時代も終わりを迎えようとしていた1990年、誉が30歳となる年の五月、一本の映画が公開された。

黒澤明の『夢』。

誉は、映画館にいた。特段に黒澤ファンというわけではない。しかし、『夢』は、黒澤明自身が見た夢をもとにしたオムニバス映画であり、そのエピソードの一つにゴッホが登場していると知って、どうしても見たいと思い、なけなしの金でチケットを買った。

黒澤明の夢に出てきたゴッホ……。

誉は、「ひまわり」の制作が思うようにいかず、何か現状を打破するヒントがないかと藻掻《もが》いていた。

映画館に早めに着いたので、スクリーンに向かって中央の席に着くことができた。定刻通りに上映が始まる。映画が中盤に差し掛かって、五つ目のタイトルが出る。

『鴉《からす》』。これこそが、黒澤明とゴッホを結び付けるもの。

美術館を訪れた主人公は、飾られているゴッホの絵の中に入っていく。そして、ゴッホの絵の中を歩き回りながら、ゴッホの姿を探す。

誉は、『鴉』を見た瞬間、心の中で驚愕した。

「これは、俺の物語じゃないか!!」

絵の中を探し回った主人公は、ようやくゴッホに出会う。そして二人は言葉を交わす。

《黒澤明はゴッホに追いついたんだ。黒澤明ともなれば、夢の中でゴッホに追いつくことができるんだ。俺はどうだ？　一回だけ夢の中にゴッホが現れたことはあったが、顔を見ることはおろか、遠くの後姿を見ていただけだった》

「「私は絵を描く夢を見、そして私の夢を描く」」

遠くにいるはずのゴッホの呟きが聞こえてきた。

《ゴッホは、夢の中でさえ絵を描き続け、そしてその夢をまた絵に描いていた。しかし俺は、夢の中でも「ひまわり」を、描けていなかった。現実でも、夢でも、満足のいく「ひまわり」を一枚も描けてはいなかった》

誉は、ゴッホと自分の間にある、気が遠くなるほどの差を感じていた。

スクリーンのゴッホは、語りかけてくる。

「なぜ、描かないのだ？」

映画の中でゴッホが主人公に語りかけたセリフだ。しかし、ゴッホが自分自身に語りかけているのだと感じた誉は、自分の悩みをゴッホに打ち明ける。

「……『ひまわり』を描きたいのですが、うまく描けないのです」

するとゴッホは、誉に優しく応《こた》えてくれる。

「「自我を意識するな。ひまわりにじっと向き合うのだ。そうすれば、絵は目の前に出来上がって現れるだろう」」

続けてゴッホは言った。

「急がなければ……」

「もう、行かれるのですか……」

「時間がないのだ……」

「なぜ、そんなにも急ぐのですか……」

「絵を描く時間はもう少ししかないのだ……」

ゴッホの焦りが、誉も焦らせた。

満足のいく「ひまわり」をまだ一枚も描けていない。

まだ、俺は何もできていない。

なのにゴッホは、もう行ってしまう……。

しかし、ゴッホはなぜそれほどまでに、焦燥感に駆られながら描き続けているんだろうか。何がゴッホを描くように駆り立てるんだろうか。

誉の心の中に浮かんだ疑問を察したように、振り返りざまにゴッホは応えてくれる。

「太陽だ……」

「太陽が、どうしたのですか？」

「……太陽が、絵を描けと、私を脅迫するのだ……」

「……太陽、ですか……」

「こうしてはいられない!!」

そう言い残して、ゴッホは黄金に輝く麦畑を横切り、すうっと彼方へと消えていった。

誉は、自分が映画館にいることを思い出した。

もしかして独り言を言っていたのか？

周囲を見渡したが、誰も誉のことを訝る様子はなく、皆、映画に集中していた。

あれは『夢』だったんだろうか。

本当に、自分はゴッホと会話していたんだろうか……。

誉の戸惑いをよそに、映画は進行し続け『鴉』のエピソードが終わった。

続いて『赤富士』が始まる。

『赤富士』は、原発が次々と爆発し、人々がパニックになって逃げ惑う様子を描いたエピソードだ。物語には、幼い二人の子どもを抱えた母親が登場する。母親は「原発は安全だって言った奴は絶対に許さない！」というセリフを吐き捨てる。すっかり荒廃しきってしまった荒野に、放射性物質が降り注ぐ。登場人物の一人、かつて原発政策に関わっていたという人物が、誰に向けてでもなく解説を始める。目に見えない放射性物質を可視化する着色技術が開発された。今、目の前で、死の灰として降り注いでいる黄色く着色された物質は、ストロンチウム90だ。

誉は、『鴉』でのゴッホとの会話の余韻を引きずりながら、『赤富士』を見ている。すると、一つの疑問が浮かんだ。

……なぜ、放射性物質の着色に「黄色」が使われたのだろう。

誉は、ゴッホの「ひまわり」をずっと描き続けてきているせいで、「黄色」に敏感になっていた。ゴッホが「ひまわり」をたくさん描いていたことと、黄色にこだわりを持っていたことは、何か関係がありそうだ、と考え始めた。

誉は矢も盾もたまらず、席から立ち上がった。まだ『夢』の途中であったが、誉は夢から醒めていた。座席を掻き分け、通路へと這い出す。周囲の人は迷惑そうな顔をしていたが、気にせずに突き進み上映室の重い扉を開け、飛び出した。

ひまわりと黄色。

核と黄色。

ゴッホの黄色にはどんな意味が込められていたのか。

考えを巡らせながら、誉は、映画館の外へ出た。

外へ出た途端、いつしかの声が聞こえてきた。

「『色彩は、それ自体が、何かを表現している』」

その瞬間、初夏の暖かい風がふわりと誉の顔を撫でた。誉は空を見上げた。

「太陽だ……」

そうだ、太陽だ。

「『太陽が、絵を描けと、私を脅迫するのだ』」

ゴッホは、「ひまわり」を描くことを通して、太陽を描いていたんだ！

ひまわりは太陽の子。太陽は、ひまわりの母。

ゴッホはひまわりも太陽も同じ黄色で描いた。

そして核は、人類が手に入れてしまったもう一つの太陽だ。

だから核から放出される放射性物質も黄色で表現されたって不思議じゃない。映画でゴッホと核汚染をテーマに描いた黒澤明は、もしかして、太陽とひまわりと核の何らかの関係に気づいていたんじゃないか?!

「こうしてはいられない!!」

誉は、街の雑踏の中を歩きだす。誉もまた、空から降り注ぐ太陽の光に、脅迫されているように感じた。五月の下旬、梅雨入りする前に一花咲かせるかのように、太陽が輝いている。空には遮るものは何もなく、太陽は誉だけを照らして、すべての太陽エネルギーを誉に注ぎ込もうとしているかのようだ。

そして、またあの声が聞こえてきた。

「『人の本当の仕事は30歳になってから始まる』」

12

1991年、チェルノブイリ原発事故から五年。アメリカを中心とした多国籍軍がイラクへの空爆を開始した湾岸戦争で、新しい時代の幕が開けた。世界の冷戦構造が崩壊し、ソビエト連邦の事実上の破綻を経て、その年、チェルノブイリがあるウクライナが独立した。

世界はこんなにも目まぐるしく大きく動いているのに、誉は一人、ただただゴッホの「ひまわり」を描き続けていた。しかし、納得のいくものはまだ一枚も描けていない。

出来損ないの「ひまわり」を丹下爺さんに届けるため、誉はアトリエを出た。出がけにポストを見ると、今月も黄色い封筒が入っていた。封筒には、ひまわりの絵が描かれていた。届けられた封筒は、すべて大事にとっておいてある。最初に描かれていたひまわりから、だんだんと線のタッチがしっかりしてきている。ひまわりを描いている子どもは、4

歳になった。

誉は、黄色い封筒を大事にポケットにしまった。

丹下爺さんは出来損ないの「ひまわり」をいつものように喜んで受け取ってくれた。そして咲いたばかりの初夏のひまわりをいつものように譲ってくれた。

帰り道、映画館に立ち寄った。その年の五月、黒澤明の『八月の狂詩曲《ラプソディー》』が劇場公開された。ゴッホと太陽とひまわりと核について誉に啓示をくれた『夢』の翌年、黒澤明は、長崎の原爆をテーマにした作品を発表した。

映画を見ながら、誉は、ケイのことを思い出していた。長崎の修学旅行で見た、星月夜は、誉の目に焼き付いていた。そして、ケイがささやくように口ずさんだベートーベンの『月光』は、ずっと耳に残っていた。


翌日、誉は、朝からアトリエで考えていた。

丹下爺さんにもらったひまわり、そして目の前には真っ白なキャンバス。

植物としてのひまわりを調べていく中で、いろいろと分かってきた。ひまわりは、北アメリカ大陸、つまり今のアメリカ合衆国が原産らしい。そして、ひまわりはアメリカ先住民の間では食用とされていた。誉もひまわりの種をポリポリとかじっている。

ひまわりは、大航海時代を経て世界へと広まっていった。そして現在、旧ソ連やウクライナでは、ひまわりの生産がとても盛んだということも知った。アメリカ合衆国の敵対国だった旧ソ連で、北アメリカ原産のひまわりの生産が盛んになったのは、何の因果なんだろうか。

誉は、ふと時計を見た。

8時15分を指していた。

1945年8月6日8時15分、米軍機エノラ・ゲイによって、広島にウラニウム型原子爆弾「リトルボーイ」が投下された。その三日後の8月9日11時2分、米軍機ボックスカーによって、長崎にプルトニウム型原子爆弾「ファットマン」が投下された。

広島と長崎。

誉は、十年前のローマ教皇の来日を思い出した。

1981年、教皇ヨハネ・パウロ2世が初来日した。滞在中、広島と長崎を訪れた教皇は、そこから世界に向けて核兵器廃絶と平和のメッセージを発信した。

広島、長崎、原爆、キリスト教。

誉は、以前から気になることがあった。

なぜ、アメリカ軍は、よりにもよって長崎に原爆を落としたのだろうか。

長崎には、キリシタンに関連する教会や施設が日本中のどこよりもたくさん存在する。

歴史的にみてもキリスト教が最も浸透した場所である。なぜそんな場所にキリスト教文化圏のアメリカ合衆国が、原子爆弾を落としたのだろうか。よりにもよって、東洋一と言われたキリスト教会、浦上天主堂のある地区に。

誉は、仮定してみた。

もし、広島に原爆を一度落としただけでは不十分だった、のだとしたら。

もし、原爆を一度だけでなく二度落とすことに理由があった、のだとしたら。

もし、そこにキリスト教と関連する出来事があった、のだとしたら。

誉は、長崎の原爆投下が広島の三日後だったということも気になっていた。

なぜ三日後だったのか。

三日後の意味は……？

誉は、新約聖書で語られているイエス・キリストの復活を思い出してハッとした。

十字架にかけられたキリストは死の三日後に復活した。

救世主は三日後に蘇る……。

8月6日、8月9日。

もしかすると、8月6日に「救世主」的な何かを失わせることに成功したアメリカ軍は、その三日後である8月9日にその「救世主」が復活することを恐れて、復活の場所として最もふさわしい浦上天主堂に原爆を落としたのではないだろうか。復活した「救世主」が強大な力を発揮するその前に。

だとしたら、「救世主」とは……。

誉は、朝から一筆も進まず、キャンバスはまだ真っ白のままだった。

もう太陽は高く上がっている。

時刻は11時2分、長崎に原爆が落とされた時間を示していた。

13

誉は、ゴッホとひまわりと原子力の繋がりについて、執拗なまでに調べていった。

そして、誉がかつて学芸員として勤めていた美術館がゴッホの「ひまわり」を所蔵したのが、日本初のことではないということを突き止めた。

そのずっと以前、六十年以上前、ゴッホの「ひまわり」を所蔵していた人物が日本にいた。

兵庫県、芦屋の実業家、山本顧彌太《こやた》。

その「ひまわり」は芦屋にあったことから、「芦屋のひまわり」と呼ばれている。しかし、「芦屋のひまわり」は、もうこの世には存在しない。史料によれば、神戸の空襲の際に焼失したとされている。

1994年の大みそか。誉はアトリエにこもっているうちに年が明けた。

まだ太陽が顔を出さない一月の暗い早朝は、肌を刺すような寒さだ。誉は、公立図書館で借りてきた本に載っている、「芦屋のひまわり」の写真を見つめている。粗末な白熱電球の電気スタンドが、誉の手元の「芦屋のひまわり」の写真を照らしている。ゴッホの「ひまわり」の素晴らしさを太陽の輝きとするのなら、誉の描いた「ひまわり」は、まだこの白熱電球ぐらいの輝きだ。白熱電球も、「芦屋のひまわり」を照らしながら見つめている。

吐いた息は白く、空中に小さな滴《しずく》となって拡散する。小さな滴を、白熱電球が照らし出し、空襲の火の粉のようにチラチラと輝かせる。

「芦屋のひまわり」を焼失させたとされる神戸の空襲は、8月6日の未明に米軍機によって実行された。そして、同じ日の朝、午前8時15分。米軍機による広島原爆投下が実行された。「芦屋のひまわり」が失われたその直後に、広島に原爆が落とされたことになる。

誉は、その事実に驚愕した。「こんな偶然ってあるか？」

ゴッホの「ひまわり」の焼失と、広島への原爆投下が、同日中に起きた。「これは偶然ではない！　必然だ！」

ゴッホの「ひまわり」と核には、何らかの関連があるはずだ。

日本にゴッホの「ひまわり」があると原爆を落とせない何らかの理由がある。だから、空襲によって「ひまわり」を焼失させたことを確認し、アメリカ軍は広島に原爆投下を決行した、とは考えられないか。

いや、むしろそう考える方が自然じゃないだろうか。

だとしたら……。

「もしかしたら、ゴッホの『ひまわり』には核エネルギーを相殺する力が潜在しているんじゃないか!!?　ゴッホの『ひまわり』こそが『救世主』だったのではないか!!?」

誉の妄想は止まらない。

救世主であるゴッホの「ひまわり」が失われたことで、日本を核から庇護する効力が失われ、悪魔の兵器である原子爆弾を広島に投下することができた。しかし、キリストが死後三日目に復活したと聖書にもあるように、救世主としての「ゴッホのひまわり」も喪失後三日目に復活する。そう考えたアメリカ軍は、更に悪魔の兵器を使って、救世主の復活を阻止するという行動に出たのではないだろうか。

誉には、繋がりが見え始めていた。

物事とは、森羅万象、すべて連動し、巡り巡っている。すべての事象には、目に見えない力が働き合い、偶然であるかのように思える出来事であっても、すべては必然である。

史実では、米軍機ボックスカーは、当初、小倉市に原爆を落とす予定だった。しかし、視界不良によってターゲットが長崎市に変更された。長崎市も悪天候で、ようやく雲の切れ間を見つけて、原爆が投下された。そして、原爆が落とされたのは、長崎市中心部ではなく、あの浦上地区だった。

悪魔の道具の核兵器と、救世主の「ゴッホのひまわり」。

神と悪魔の、大きな戦い、より大きな力と力のぶつかり合いがそこにあったのではないだろうか。

誉の頭の中には、ゴッホ、ひまわり、核、救世主……ヒントのピースが散らばっていた。それらのピースは融合したかと思えば、分裂し、別のピースと融合しては、再び分裂し……を繰り返している。

まるで、原子核のようだ。

核分裂と核融合を繰り返している。

誉は、考えていた。

「今、俺が必死で取り組んでいる、いや、取り組まされているゴッホの意志を受け継ぎ『ひまわり』を描き続けること。すなわち、救世主を生み出すための作業。それは、一体何から日本を守るためなんだろう…………原発だ！」


驕り高ぶった人類は、太陽に任せておけばいい仕事、つまり、核融合という行為にとうとう手を出してしまった。核エネルギーを操れるつもりになって、戦争の抑止力になるという建前で無計画に核兵器開発競争を激化させた。一方で、核の平和利用だとし、安全でクリーンなエネルギーという触れ込みで、原子力発電所をどんどん建設し始めた。そしてチェルノブイリの原発事故は起きた。人類は、触れてはいけないものに触れてしまったのだ。人類が手に入れた核エネルギーは、太陽の力のいびつなまがい物。それは人類が制御不可能な悪魔の力だ。太陽の子ども、ひまわりにとって、母のまがい物は決して許しえない存在に違いない。チェルノブイリのあるウクライナは、世界でも有数のひまわりの産地である。その事実は、もはや偶然ではない。

百年前、ゴッホは、ひまわりに強烈に魅せられ、自らの命を削りながら、持てるエネルギーのすべてを注ぎ込んで、次々と「ひまわり」を描いていった。

「ゴッホは気づいていたんだ！　太陽とひまわりと核の関係性を！　そして未来を見通し、人類を救うために、人生をかけて『ひまわり』を描き続けようとしていたんだ！　なのに、志半ばにして、ゴッホは早世してしまったんだ！」


誉は、理解した。

「日本に存在する原発一基に対して一点のゴッホの『ひまわり』を描く！　全原発に対応する『ひまわり』を描き、日本を核災害から守るのだ！」

成すべき使命は、残りの人生のすべてを懸けて、ゴッホの「ひまわり」を描くこと。

「そのために命を使い切るのだ！」

14

東西冷戦が終わって、これから世界は新しい方向に向かう。と、期待する人々もいた。

しかし実際は、その逆のような動きが広がっていた。

1995年6月、フランスのシラク大統領が、ムルロア環礁での核実験再開を発表した。ニュースを見て、誉は愕然とした。人類は核兵器を捨て去るどころか、その威力を高めようとしていたのだ。フランスは、1963年にタヒチに太平洋核実験センターを設立した。そこはフランスの太平洋における核実験の中核施設であり続けていたのだ。

愕然としていた誉をさらに驚かせる出来事があった。

ムルロア環礁の核実験再開に、タヒチ住民による反対運動が起こったのだが、その中に混ざってギャンがいたのだ。

ギャンは、1982年に初めてタヒチを訪れて以来、現地の人々と交流を続けていた。そして今回、フランスの核実験再開に対して住民が反対運動を起こすことを聞きつけて、現地へ飛んだのだった。

誉は、現地の様子を伝える海外メディアのニュース映像に、ギャンが映っているのを見つけ、目を丸くした。現地の人々に混じってギャンが声高に叫んでいる。ギャンは、完全に現地の人々に馴染んでいた。

誉は、とても驚き、そして、とても心強く思った。

戦い方は違うが、誉と同様にギャンも核と戦っている。そのことがわかって、誉は猛烈に嬉しかった。

「俺がいる日本から遠く離れた、太平洋の上に浮かぶ島で、ギャンもまた戦っている」

◌ ◌ ◌

1997年、誉は37歳になっていた。

ゴッホが亡くなった歳だ。

しかし、誉は死ぬことはなかった。

いや、死ぬわけにはいかなかった。

日本のすべての原発に対して、一つずつ「ひまわり」を描かなければならない。

その使命を帯びている。

誉がゴッホの「ひまわり」を目の当たりにしたあの日から十年が経過していた。

そして、納得のいく「ひまわり」はまだ一枚もできていなかった。

ゴッホの天命と、ゴッホを受け継ぐ誉の天命。

ゴッホはかつて、このようなことを言った。

「私の人生はそれほど長くないだろう。だから私は一つのことしか目に入らない無知な人となって仕事をするつもりだ。ここ数年のうちに何がしかの仕事をやりとげてみせる」

ゴッホは、自分の天命の短さを、直感的に悟っていたのかもしれない。誉には、自分の天命はわからない。しかし、一枚もゴッホの「ひまわり」が描けていないうちは、使命を果たさないうちは、天命はまだやってこないはずだ。

そのことは、誉にもわかっていた。

とにかく「ひまわり」を描き続けるしかない。

15

誉は、ひたすらに「ひまわり」を描き続けたが、いくら描いてもゴッホの域に達するものは一枚たりともできなかった。21世紀に入って、世界中が激動の時代を迎えた。しかし、くるくると回る地球の動きからまったく隔離された宇宙の辺境に浮かんでいる小惑星のように、誉のアトリエの時は止まっていた。

この日も、誉は、出来損ないの「ひまわり」を持って、丹下爺さんのもとへ向かった。広島の話になった。

「広島の生まれじゃけん、原爆が落ちた時のこと、よう覚えとる」

誉は、丹下爺さんが被爆者だったということをその時、初めて知った。

生まれつき足が悪かった丹下さんは、出征は免除された。そして、実家の農家で作業をしている時にキノコ雲を見た。

1945年8月6日の朝、20代半ばだった丹下さんに、まばゆい閃光の後、時間差でとてつもない振動が襲ってきた。振動に堪え切れず、土の上に仰向けで転げてしまい、そして見上げた空にピンク色のキノコ雲があったという。

それが原爆というものであったと知ったのは、だいぶ後のことだった。丹下さんは、何か手助けできることはないかと、爆心地へ向かった。市内の悲惨な状況は、言葉にすることなど決してできないものだった。丹下さんは、自分の無力さに叩きのめされた。

「どうしようものうて、途方に暮れて、なんとはなしにポケットに手を突っ込んだら、なんでか、ひまわりの種が入っとったんじゃ」

「ひまわりの種！」

「ほうよ。じゃから埋めてみたんよ。そしたら、芽が出たんよ」

驚いたことに、荒廃した土からひまわりは芽を出した。希望も何も無くなったと思っていた場所で、ひまわりは息吹《いぶ》いたのだ。

それ以来、丹下さんは、ひまわりを育て続けてきた。

やがて関東に引っ越すことにはなったが、ひまわりを育てることだけはやめなかったという。

誉は、丹下爺さんの知らなかった一面に触れた。そして思った。

「いつも豪快に笑っている丹下爺さんも、ずうっと戦ってきたんだ」

丹下爺さんの笑顔。深い皺が刻まれている笑顔。最初に出会った時、丹下さんはすでにお爺さんだったが、ここのところますます年老いていっているように見える。当たり前だ、80を過ぎたのだから。「丹下爺さんが生きているうちに、俺は完成した『ひまわり』を見せることができるのだろうか……」

◌　◌　◌

2008年の夏。誉は、生まれて初めて広島に行った。平和記念公園や平和記念資料館を訪れ、映画『ひろしま』の自主上映会に出くわした。

誉は迷うことなく見た。

その映画は、まだ原爆の記憶が冷めやらぬ1953年に制作され、9万人もの広島の学生・教職員・市民がエキストラとして参加して、被爆者を演じていた。その中には、当然実際に被爆を経験した人もいた。原爆直後の悲惨で壮絶な状況を生々しく描き、原爆の真実を伝える貴重な映画だった。しかし、反米色が強いという理由から、当時、配給会社が上映を拒否した。その後、映画は細々と上映されることはあったが、ほとんど日の目を見ることはなくなっていた。

原爆が落とされ、荒廃した広島の町。

被爆者が治療を受けている建物の脇で、大根の種を植えた男性がいる。

種を蒔いたところを見ると、そこには小さな芽が出ていた。

「芽が出た！」

と、喜ぶ男性。

誉は、その男性に、丹下爺さんの姿を重ねていた。

上映会場を出ると、もう夕焼け空だった。燃えるような赤々とした空。原爆の光も強大なものだっただろうけれども、太陽の光には勝らない。所詮、原爆は偽物で、太陽が本物。

誉は、そんなことを考えながら、広島の町を歩いていた。

希望の種として、大根の種を蒔いた映画の男性のように、ひまわりの種を蒔いた丹下爺さんのように、俺は何を蒔くのだろうか。

誉には、もう答えはわかっていた。

「俺は、『ひまわり』を描くことで、希望の種を蒔くのだ！」

16

誉が「ひまわり」に苦闘し続けていた2009年の暮れ、12月22日、北海道で泊原発3号機が運転を開始した。

誉は、原発一つに対応して、一つの「ひまわり」を描く、そのことを自らの使命と確信してからは、日本の原発が新しく運転を開始するという新聞記事を見つけては、それを切り抜いてスクラップするようになっていた。

日本には2009年現在、54機の原発がある。

しかし、誉はまだ、一枚もゴッホの「ひまわり」を描くことはできていない。

誉は、つい先程、出来損ないの「ひまわり」をこの世にまた一点生み出してしまったところだった。これもまた、後日、丹下爺さんに届けることになる。丹下爺さんが喜んでくれるのは嬉しいが、誉の使命はまともな「ひまわり」を完成させることだ。泊原発3号機が運転を開始した知らせに接した誉は、落ち込んでいる暇もなく、すぐさま、その原発のための「ひまわり」を描き始めた。

◌ ◌ ◌

誉は、結局、また、まともな「ひまわり」を描くことはできなかった。そして、いつものように出来損ないの「ひまわり」を持って、丹下爺さんを訪ねた。

しかし、丹下爺さんは、居なかった。家中を探し回ったが、どこにも居ない。隣の家に行き、丹下爺さんのことを尋ねてみた。

「丹下さん、亡くなられたのよ……。先週。庭先で倒れてるのを私が偶然見つけて救急車を呼んだんだけど、病院に担ぎ込まれた時は、もう手遅れだった……。心筋梗塞だって……」

誉には、隣人の声は、最初の一言以降まったく届いていなかった。誉は悔いていた。丹下爺さんに完成品の「ひまわり」を見せることができなかったのだ。

誉は、呆然としながら、丹下爺さんのビニールハウスに向かった。ひまわりが数本、咲いていた。

丹下爺さんは、ひまわりを自分の子どものように育てていた。

ひまわりたちは誉に訴えた。

「さあ、描いてくれ」

誉は、丹下爺さんの最後のひまわりたちを持って、アトリエへと帰っていった。


原発一つに対して、一つの「ひまわり」を描く。誉は、対応する原発に対して、どのように「ひまわり」を表現すべきかを考えていた。とりあえず、運転を開始したばかりの泊原発3号機のある地点の緯度と経度を調べた。そして、兵庫県・明石市立天文科学館を通る、日本標準時である東経135度を日本の中心軸と定め、そこからの角度を算出した。そして、キャンバスの中心軸から、算出した角度に合わせるように、ひまわりが向く方向を決めた。

こうして、似非《えせ》太陽の力を生む場所である原子力発電所を、ひまわりが見つめ続けるという構図ができあがると、不思議な事に筆は何の躊躇《ちゅうちょ》もなく進んでいった。何者かに突き動かされているかのような、筆が生き物で自らの意思で動き出しているかのような、そんな感じすらあった。

かつてゴッホは誉に対して言った。

「「「ひまわりにじっと向き合うのだ。そうすれば、絵は目の前に出来上がって現れるだろう」」」

誉は、今、その言葉を身をもって理解することができた。目前にあるひまわりが、丹下爺さんが残していってくれたひまわりが、ゆっくりだが、自動的にキャンバスに浮かび上がってきていた。

無我夢中で描いた。いっときも筆を離さず描き続けた。そして三日目の朝、朝日が輝き始めると同時に完成した。

二十年以上前に直に触れた、あの、ゴッホの「ひまわり」と等しい力が漲っている「ひまわり」が、目の前のキャンバスに出現していた。

「できた!!!!!」

冬の太陽光が、アトリエの窓から、差し込んできた。

光は、何かを探し求めるようにアトリエの凍てつく空気を掻き分けて進み、完成したばかりの「ひまわり」に到達した。

そのキャンバスは眩しい朝日に抱擁され、ひまわりの黄色が黄金に輝いた。

誉は確信した。

ゴッホから、太陽から、ひまわりから、「おめでとう!」と、祝福されたことを。

後藤誉のゴッホの「ひまわり」が誕生したこの日は、12月25日、奇しくもイエス・キリストが誕生したとされる日だった。ベツレヘムの馬小屋でのキリスト誕生には、東方の三博士が立ち会い祝福した。この「ひまわり」の誕生に立ち会った者は、誰もいない。東方の小さなアトリエで、ひっそりと、誰にも知られず、新しいゴッホの「ひまわり」は誕生した。しかし、この知らせを聞いて祝福してくれる者がいるかもしれない。

天国の丹下爺さん、ギャン、ケイ、向日葵。

そして、今、ここに、救世主が誕生したという紛れもない事実。

誉は感涙した。

17

それからの誉は、まるで人が変わったように、「ひまわり」を描くペースを上げていった。

泊原発3号機のための「ひまわり」を描き終えた誉は、以降、各原発が運転を開始した年代を遡《さかのぼ》っていく順番で、一つひとつの原発に対して「ひまわり」を描いていった。それぞれの原発の緯度と経度を計算し、ひまわりの花の向きを調整し、キャンバスの上に描き上げていった。

初めてゴッホの「ひまわり」を描くことができたのは、2009年の12月25日。それから一年が経過した2010年末には、36点の「ひまわり」を描き上げていた。完成作は、アトリエの壁の半分以上を占めていた。

明けて2011年、誉は早速、新しい「ひまわり」の制作に取り掛かった。いつものように、目標となる原発の緯度と経度を調べ、それをもとに算出した角度でひまわりの花の構図を決めた。

そして絵筆をとった。が、その瞬間、誉の手は止まった。

これまでとは違う、何か大きな違和感があり、筆が思うように進まない。目に見えない大きな存在から、筆を持つ手を押さえつけられているような感覚だ。その感覚と格闘しながら、制作がなかなか捗らないまま、二か月が経過した。

その日、誉は、いつものように午後の制作のために、アトリエに籠って、未完成の「ひまわり」を見つめていた。どうして筆が進まないのか、あれほど滑らかに動いていた筆が、どうして急に動かなくなってしまったんだろうか。

そのなかなか描き進められない「ひまわり」は、何かを訴えかけてきているような気もしたが、それが何なのか、誉にはわからなかった。

出来事の兆候は、壁に掛けられていた「ひまわり」が一枚、床に落ちたことだった。落ちたその一枚に呼応するように、次々と他の「ひまわり」も床に落ち始めた。

と、同時に、地の底から鈍い呻《うめ》きが聞こえ、大地が揺れだした。

これまでの人生で一度も体験したことのない大きな揺れに、誉は、命よりも大切な36点の「ひまわり」を守るために、這いつくばるようにしてアトリエの中央に寄せ集め、自らが盾となって絵の上に覆い被さった。

2011年3月11日、午後2時46分、東北地方を中心に最大震度7の地震が襲い、東日本の広い地域で未曽有《みぞう》の被害をもたらした。

東日本大震災。

誉は、福島の母親にすぐに連絡した。しかしいっこうに電話は繋がらなかった。

その夜、描きかけの「ひまわり」を見つめ、誉は、すべてを理解した。

その「ひまわり」は、福島第一原発6号機のために、描いていたものだったのだ。

誉は、新しい原発から年代を遡っていく形で、順番に「ひまわり」を描いていた。

誉の生まれ故郷の福島にある、福島第一原発1号機から6号機は、日本の原発の中でも比較的早い年代に作られていたため、描く順番としては後の方になっていた。

誉は、違和感の原因に、今気づくという、己の鈍感さに憤慨し後悔し自責の念に駆られた。目の前の未完成の「ひまわり」は、誉に必死に訴えかけ、警告を発していた。その警告を、誉は受け取ることができなかったのだ。

しかし、仮に、誉が「ひまわり」からの警告を明確に受け取れていたとして、誉にいったい何ができただろう。「大災害が起こる！」と、誰も知らない誉のような男が、どんなに叫んだところで、どこの誰が信じただろう。それこそゴッホのようにおかしな男扱いをされ、精神病院に入れられてしまうのが落ちだ。

すでに起きてしまったことは止めることはできない。時間を巻き戻すことは誰にもできないのだ。

電話が鳴った。ケイだった。

二十数年振りに、ケイの声を聞いた。その声は、誉の母親のことを案じてくれていた。嬉しかった。ケイの声が聞けたことが、誉は心底嬉しかった。電話口に、向日葵も出た。赤ん坊だった向日葵は、立派な大人になっていた。

蒔いた種は、いつか芽を出し、やがて立派な花を咲かせる。

それが自然の摂理だ。

電話を切った後、誉は、心に決めた。

「まだ、俺にはできることがある」

誉は、筆を取り、未完成だった「ひまわり」を、福島第一原発6号機のための「ひまわり」を、再び描き進めた。一睡もせず、夜通し描き続けた。

しかし、無情にも、大事故は起きてしまった。

大地震が発生してから一日が経過した、12日の午後3時36分、福島第一原発1号機で水素爆発が起こり、原子炉建屋が崩壊した。

爆発の映像をテレビで目の当たりにした誉は、あまりの出来事に手の震えが止まらなくなり筆を止めた。

「俺がこの『ひまわり』を描き上げることができなかったから、爆発を食い止められなかったんだ！」

誉は自分を責め立て、地獄の業火に焼かれるような苦しみを感じた。

「しかし、これ以上、被害を拡大させてはならない！　俺が食い止めなければ！」

誉は、福島第一原発6号機のための「ひまわり」を命辛々、やっとの事で完成させた。

そしてすぐさま、5号機のための「ひまわり」の制作に取り掛かった。

そうすると、かつてゴッホが一日に一枚のペースで絵を描き上げていたように、誉にゴッホが乗り移ったのか、5号機のための「ひまわり」は一日で描き上げられた。

息つく間もなく、4号機のための「ひまわり」の制作に取り掛かった。

恐ろしいほどの筆の勢いで、一心不乱に描き進める誉。だが、描き出してすぐに例の違和感がまた押し寄せてきた。今度の違和感は強烈だった。負けじと抗いながら必死で描く誉だったが、唐突に筆が、まったく不自然な形で折れてしまった。まるで目に見えない大きな存在が、誉の「ひまわり」を阻んでいるかのようだった。かつて、長崎の浦上天主堂の真上に原爆が落とされた時のように、悪魔と神の力のぶつかり合いが、まさに、誉の頭上で起きていた。誉は、大きな悪魔の手を振り払うように、すぐに新しい筆に持ち替えた。

しかし、それと時を同じくして、15日の早朝、福島第一原発4号機が水素爆発を起こした。

18

地震の発生から日が経つにつれ、被害の状況も伝わってくるようになった。そして日本中が、福島第一原発の動向に注目していた。

誉が「ひまわり」を描き上げることができた福島第一原発5号機と6号機は、被害を最小に食いとどめることができた一方で、誉が「ひまわり」を間に合わせることができなかった1号機から4号機までは、甚大な被害をこうむった。さらに1号機から3号機はメルトダウンを起こし、原発事故の収束の先行きは不透明となってしまった。

大震災を前にして、原発事故を前にして、誉には何もできなかった。

多くの人々の苦しみを生み出した未曽有の大災害を前にして、誉は、何もできなかった自身の無力さに苛まれていた。

誉は、「ひまわり」を描くことができなくなった。

唯一、心の救いは、母親の安否が確認できたことだった。

母親は福島県内の避難所に無事でいることがわかった。しかし避難所生活は、老齢の母親にはさぞ応えるだろう。放射能の影響も心配だ。誉は母親を東京に迎え入れようと、福島を訪ねた。今の自分に母親の面倒をちゃんと見る自信は正直なかったが、とにかく東京に連れて来た方がいいと考えた。久しぶりに再会した母親は、避難所疲れのせいか、丸まった背中が、猫のように小さく見えた。

誉は母親に、東京で一緒に暮らそう！　と、空元気を奮い立たせ意気揚々と申し出た。

しかし、母には、「もう県内の仮設住宅に移ることも決まっているから、私のことは心配しなくていい」と、あっさり言われてしまい、拍子抜けしてその場にへたり込んだ。

母親と再会できた安堵感からか、誉の口から、堰《せき》を切ったように後悔の言葉が溢れ出てきた。この世に生を享けた使命としてゴッホの「ひまわり」を描き、大きな存在と必死に戦っていた！　なのに……。唐突すぎるわけのわからない息子の独白を、母親は何も言わずにニコニコ聞いていた。母親は、大きな愛で息子のすべてを受け止めていた。まるで太陽が子どものひまわりに微笑みかけ、無償の愛で日光を降り注いでいるようだった。そして、誉に言葉をかけた。

「誉が、なんでそんなに自分のことを責めているのか、私にはぜんぜんわからないけど。こんなひどいことが起きたのは、別にあんたのせいじゃないんだから。でもね、お母さん思うのよね……」

「『何も後悔することがなければ、人生はとても空虚なものになるんだよ』」

母の言葉が、ゴッホの声と、重なって聴こえた。

その言葉は、誉に絵を描く気力を戻す言葉だった。

母親を残していくとは決めたものの、心配だった誉は、原発事故以来、初めての筆を取って、小さな紙切れにひまわりを描いて母に持たせた。

この「ひまわり」が、きっと母を守ってくれるはずだ。

誉が避難所を出ると、建物のそばで、土を耕し何かの種を蒔いている数人の男性がいた。よく見るとその種はひまわりだった。誉はその様子をしばらく眺めながら丹下爺さんのことに想いを馳せていた。原爆が落とされた後の広島に、ひまわりの種を蒔いた丹下爺さん。そして、原発事故が起こった後の福島で、ひまわりの種を蒔いている人たちがいる。作業を終えて、一休みしている人に誉は尋ねてみた。

「どうしてひまわりの種を植えているんですか？」

「ひまわりは成長していく過程で、土中の放射能を吸収し、土を浄化する能力があるという研究報告があってね」

「……!!!!」

ひまわり!!

ひまわり!!!

ひまわり!!!!

ひまわり!!!!!

そうなんだ!!　そうだったんだ!!!!

ひまわりの絵を描くことで、希望の種を蒔く！　とかつて宣言した。

その宣言は、間違っていなかったのだ！

太陽の子どもが、太陽を侵した人類の罪を浄化してくれるのだ！

誉の心に完全なる使命感が蘇った。

俺には、やらなければならないことがある!!

誉は、深々と頭を下げ、急いで東京に戻った。

19

ゴッホの「ひまわり」が向こうから会いに来たあの日から、三十年以上が経っていた。東日本大震災以降、原発が新設される予定はない。誉は、すでに存在している原発だけに集中することができていた。特に、福島第一原発1号機から4号機のための「ひまわり」には、時間をかけ、心と魂を最大限に込めて描いた。これ以上、原発事故や放射能汚染の被害を拡大させないために、特大のパワー漲る「ひまわり」を描いた。

ゴッホも、きっとそうしただろう。

「「私は、自分の作品に心と魂を込める」」

広島と長崎への原爆投下に始まり、第五福竜丸の被爆、福島第一原発事故と、日本が幾度となく核や放射能の災禍に見舞われることを、ゴッホは予知していた。もはや、誉はそう確信していた。そして、誉は思った。

ゴッホが、日本に抱いていた憧れは、そのこととも関係しているのではないか。ゴッホは、浮世絵からインスピレーションを受けて、作品を生み出していった。パリからアルルへ移住したゴッホは、そのアルルを、まるで日本のようだ、と弟のテオに語っていた。

ゴッホは、生涯、日本に行くことはなかったが、南仏の、アルルの色彩豊かな風景を、浮世絵で見た日本の情景と重ね合わせていたのだろう。かつて「わだばゴッホになる」と宣言した棟方志功は、ゴッホが浮世絵に心酔していたことを知って、木版画へと転向した。ゴッホの日本への想いが、棟方志功の目を日本に再度向けさせ、その心を日本へと回帰させたのだ。

ゴッホは、「日本の浮世絵のすごさを、俺がみんなに伝えないといけない！」と、心底そう思い込んでいたのではないだろうか。当時の印象派の画家たちも、浮世絵の影響を受けていて、そうした潮流は「ジャポニズム」という言い方をされたりもする。しかし、ゴッホの浮世絵に対する思いは、そんな生半可なものではなかったのではないか。印象派の画家たちは、浮世絵に影響を受けつつも、その感覚を程よく抽出して、自らの絵に取り込んでいる。

しかし、ゴッホは違う。

ゴッホは、浮世絵をそのまま写し取っているのだ。油絵の具を使い執拗に模写している。ゴッホは、印象派のグループとも交流していたし、ポスト印象派とも言われるが、そんなことはどうでもよく、「日本の！　浮世絵の！　その、本当のすごさは俺にしか分かっていない！　俺がそのすごさをちゃんと伝えなければ、一体誰が伝えるのか？　俺がやらないと日本の！　浮世絵の！　本当のすごさがわからないままになってしまう！」そのためにはどんな作品を描いていくべきかということを使命として、作品を生み出していたのではないだろうか。

誉もまた、「すごいもののそのすごさをちゃんと周りに伝えないといけない！」と誰に頼まれたわけでもない重責を勝手に背負って闇雲に行動する人間だったから、ゴッホの思いが分かった気がした。

誉の想像は続いた。

ゴッホは、浮世絵が持つエネルギーを、敢えて油絵で表現しようとしていたのだ。

浮世絵は、一人の人間だけでつくられるものではない。まずは、北斎や広重のような絵師が原画を描く。それを基に、彫師が版木を彫る。そして、摺師が刷る。色が異なる部位ごとに数枚の版木が作られ、摺師によって重ねて刷られて完成する。一枚の浮世絵には、分業制で複数人のエネルギーが凝縮される。きっとゴッホは、たった一人で、浮世絵のエネルギー値に迫ろうとしていたのだ。異常に分厚く重ねられた油絵の具。それは浮世絵に匹敵するが如く、自身が持てるエネルギーのすべてをキャンバスにぶつけるためには必要不可欠なものだったのだろう。命を削って「ゴッホの浮世絵」を完成させること、それがゴッホの目的であり、その代表作が「ひまわり」なのだ。

異様なまでのエネルギーの塊、ゴッホ自身と浮世絵がまるで核融合したかのような作品から放たれる熱量をまともに受け止められる鑑賞者が、当時存在しなかったことは想像に難くない。鑑賞する、という感覚に至る前に、畏怖を感じただろう。ゴッホの絵が生前一枚しか売れなかったというのももっともな話だ。そんなゴッホの作品が本人の死後、評価され、売れるようになったのは、ゴッホという実体がこの世から消えたことにより作品の熱量が程よく冷めたからだろう。

とにかくゴッホは、浮世絵を通して、日本に並々ならぬ想いを抱いていた。その想いの果てに、五十年後の日本の姿が見えていたのではないだろうか。日本が、日本だけが被ることになる、人類史上最悪の災いの到来を予知していたのではないだろうか。ゴッホは、浮世絵で見た美しい日本の自然や風土、文化をどうにかして守りたい。その想いで、祈るように執拗に何枚もの「ひまわり」を描いたのだ。

ゴッホの祈りは虚しく、広島と長崎への原爆投下は起きた。

第二次世界大戦を終結させるという名目の下、核兵器を実験的に行使されるという悪魔の所業を二度も立て続けにその身に受けた日本。そんな前代未聞の惨《むご》たらしい人災に遭遇しながら、敗戦後の復興に邁進《まいしん》し、驚愕のスピードで立ち直ってきた日本人。

ゴッホは、日本人について、かつてこう語っていた。

「「日本人が何をするにも明確であることが、私にはうらやましい」」

ゴッホが強烈に憧れていた日本。

その日本に、ゴッホのバトンを受け継いで走る男がいる。

それが俺だ。

◌ ◌ ◌

2017年、太平洋の反対側のアメリカ合衆国では、自国第一主義を掲げる大統領が誕生した。当初、報道では、大方が泡沫《ほうまつ》候補だと考えていた。しかし、そんな予測を大きく裏切り、あれよあれよという間に、大統領の座に就いてしまった。

聴衆が「アメリカをもう一度偉大に！」と熱狂する様は、誉には、戦時下で強大な一人の権力者に人々が熱狂する様と重なって見えた。何か、とてつもない悪い未来がコツコツと足音を立てて忍び寄ってきているように思えた。

しかし、そうした中、核兵器廃絶国際キャンペーンICANが、ノーベル平和賞を受賞した。誉は、ギャンとともに、その受賞を喜んだ。希望の光はまだ失われていない。

2019年、アメリカ合衆国は、1987年に旧ソ連と締結した中距離核戦力全廃条約から離脱した。核兵器縮減とは逆行するアメリカの動きに、再び核兵器開発競争が再熱してしまうのではないか、という不安が人々の間に広がった。

しかし、そうした流れに対抗する動きも起きていた。

この年、被爆から八年後の広島で製作された、原爆の惨状をリアルに訴えた映画、幻の作品と言われていた『ひろしま』が日本各地で上映された。誉が初めて広島に行った時に、偶然上映会に参加して衝撃を受けた作品だ。その映画が2019年になってようやく多くの日本人の目に触れることになったのだ。

同じ年、ローマ教皇フランシスコが来日した。1981年、初来日したヨハネ・パウロ2世以来、二人目となる教皇の来日である。フランシスコもヨハネ・パウロ2世が訪問した広島や長崎を訪れた。

フランシスコは、被爆後の長崎で、従軍カメラマンのジョー・オダネルによって撮影された「焼き場に立つ少年」の写真に、「戦争がもたらすもの」とメッセージを添えて世界に発信したことでも知られる。そのフランシスコが、広島と長崎を訪問し、「核兵器を持つことは罪」だと明言した。

こうした一連の出来事に直面しながら、誉は、あらためて自分の使命を確信し、心に火を灯した。その火は、太陽のフレアのように燃え上がっていた。

20

ある年の八月を目前にした、猛暑の日本を、一つのニュースが駆け巡った。

日本にほど近いある国が、核兵器と大陸間弾道ミサイルの開発に成功した。そして敵対するアメリカ合衆国へ、核弾頭を搭載したミサイルを予告なしに、いきなり発射した。

その一報は、核戦争による第三次世界大戦勃発の危機を伴って、世界中を恐怖のどん底に突き落とした。

しかし、幸いにも、制御を失った核ミサイルは、太平洋上、ビキニ環礁沖に落下し、核爆弾も不発に終わった。世界は胸を撫でおろした。

しかし日本だけは、決して安堵することができるような状態になかった。

ミサイルを発射した彼《か》の国は、すでに経済的に逼迫《ひっぱく》し、政権の体制はもはやコントロール不能に陥っていた。自暴自棄状態になった彼の国は、アメリカの報復が始まる前にミサイルの照準を日本に変更したのだ。核兵器の開発費用が底をつき、核開発を進めることが不可能になった彼の国は、日本に点在するすべての原子力発電所をミサイルの標的とし、同時に破壊することで核爆弾の代わりにするという暴挙を計画した。

もし、計画が実行されれば、日本が滅びるだけではない。その先には、世界を巻き込んだ核戦争が待ち受けているのは明らかだった。

この無謀な計画を察知した日本政府は、全国の原発すべてに迎撃ミサイルを配備することを決定した。しかし、圧倒的に時間が足りなかった。

彼の国が、ミサイルを発射すると目されるXデーまで一週間しかない。

人間は、恐怖に襲われると、心が縮こまり、そこにできた隙間に付け込まれる。大衆は声の大きい強硬な意見に流されやすくなり、同じ方向を向いていってしまう。世論では、彼の国に対話を持ちかけても無駄だ、9条など無視して今すぐ先制攻撃を仕掛けるべきだという、好戦的な意見が多勢になっていった。

日本中の有識者や科学者が結集し、軍事力行使によらない解決策を模索していたが、結論は一向に出なかった。事の発端であるはずのアメリカの動きはなぜか鈍く、もはや日本と彼の国の問題に変容しているかの如き展開であったが、沈静化に効力を発揮すべき国際機関はもはや形骸化していて、彼の国に対して、なんら実効力を伴った行動を起こすことはできず、空疎な議論だけが繰り返されていた。

日本国内では、もはやアメリカも国際機関もあてにすることはできないという論調が強まっていく。そして、かつての軍国主義に向かうような、きな臭い空気が急速に流れ始めた。

しかし、あくまでも平和的に解決しようと、人知れず立ち上がった男がいた。

後藤誉だ。

誉は、福島第一原発1号機から4号機のための「ひまわり」の大作をようやく描き上げていた。後回しにして残っていた原発は、ここまでで12基あった。すでに描き終わった「ひまわり」は、対応する原発を守ってくれている。彼の国からのミサイルに対抗するには、あと12枚の「ひまわり」を仕上げればよかったのだが、ミサイル発射とされる日までには一週間しかない。一日二点ほどのペースで「ひまわり」を描き上げなければならないが、それには、あのゴッホの最後の二か月間の驚異的な一日一点のペースを凌《しの》ぐ、その倍の速さが必要だった。

誉には、悩んでいる暇はなかった。

すぐに行動に移した誉は、クロムイエローの準備に取りかかった。

クロムイエローの原料となる六価クロムには強い毒性がある。ゴッホが好んで用いていた画材は毒を含んだものだった。

そもそも「毒」とは人間にとって、生き物にとって一体何のために存在するものなのだろう。

「毒をもって毒を制す」という言葉があるように、毒は使い方によっては、人を死に至らしめるものにも、命を救うものにもなる。毒草のトリカブトには、アコニチンという物質が含まれている。このアコニチンは強心剤としても用いられる。戦争の兵器であるダイナマイトの原料、ニトログリセリンは狭心症の薬にも使われる。毒は、毒にも薬にもなる。毒は、使いようによって、悪魔にも天使にもなるのだ。

ゴッホは、毒を含むクロムイエローを使って、救世主となる「ひまわり」を描いていたのだ。

一方で、毒となる放射能を撒き散らす核はどうだろうか。原子力は、平和利用という触れ込みで原子力発電に用いられたが、結局は、原発事故を起こし甚大な被害を及ぼし続けている。そして今、ミサイルの標的にされ、兵器として利用されようとしている。

核は、人類にとって、薬になることは決してなかった。

人間が驕りの極みから、決して触れてはいけなかった太陽の領域に手を出し作り出した地球上では毒でしかありえない物質を、唯一、浄化できるのは、クロムイエローという毒で描かれた、太陽の子ども、「ひまわり」なのだ。

毒をもって毒を制す。

ゴッホの「ひまわり」をもってミサイルを制す。

誉は、クロムイエローの材料を掻き集め、12点の「ひまわり」制作に、猛烈に取り掛かった。

21

人々の間には、「不安」という名のウイルスが、蔓延し始めていた。

町の商店街では、すべての店でシャッターが下ろされていた。各地で、暴動が起きていて、店を開けていようものなら商品を根こそぎ略奪されてしまうからだ。危険な情勢下で人々は外を出歩くことを避けた。新型コロナウイルスの時期同様に、人々は、ひっそりと息を潜めるように過ごしていた。

人々の不安に付け入り、救世主と名乗る輩《やから》も出てきた。いくつもの新興宗教がここぞとばかりに活性化し、さらに新たな宗教団体も各地で生まれた。ひたすら踊りながら怪しい経文を唱えることで人々は救われると煽る団体。服用するだけで不死身の体を手に入れられると、謎の薬を配布する団体。古い漁船に「ノアの箱舟」と名付け、信者から多額の乗船料を徴収しては、海へ船を送り出す団体もあった。

かつて、黒澤明が映画『夢』の『赤富士』で描いていた、人々がパニックに陥るシーン。まさに、あのような光景もあちらこちらで起こり始めていた。これは夢ではない。

しかし、そんな混沌に流されず、冷静さを保っていた人物も少なからずいた。

その一人が、ケイだ。

ケイは、誉がいま何をしているのかは、まったく知らない。誉が家を出た夜から、顔を合わせたことはない。あれ以来、ケイが誉の声を聞いたのは、震災が起きた時の電話、一度だけだった。だがケイは毎月、誉のアトリエの郵便受けに、お金の入った黄色い封筒を投函していた。封筒には、娘の向日葵が描いたひまわり。小さかった頃は、クレヨンでぐるぐると円を描いただけのようなものだったが、今では、写実的になっている。ひまわりの絵を見れば、向日葵の成長を感じてもらえるだろうというケイの思いだった。もはや向日葵は自立して、ケイとは一緒に住んでいない。しかし、今でも封筒にひまわりを描くことを続けてくれている。ケイは向日葵に感謝していた。

そしてこの日、これが最後の投函になるかもしれないと思いながら、ケイは郵便受けの前に立った。いつもと違う異変にすぐに気づいた。郵便受けには、チラシなどの紙屑《かみくず》がたくさん詰まっていた。鍵のついていない郵便受けを開けると、先月ケイが入れた封筒もそのままそこにあった。

言いようのない不安を感じたケイは、アトリエの方へと向かった。そして、意を決してドアを開けてみた。誰もいなかった。

アトリエの中に存在していたのは、たくさんの「ひまわり」だった。

どれもが、あのゴッホの「ひまわり」に匹敵する、いや、それ以上に、心を打つような「ひまわり」だとケイは感じた。

アトリエの中央には、まだ何も描かれていない、真っ白いキャンバスと、画材などが無造作に置いてあるテーブルがあった。テーブルの方に近づき、よく見ると、そこには黄色い封筒が置いてあった。向日葵が小さい頃に描いたひまわりの絵がある封筒だ。絵から察するに一番初めに投函した封筒だった。これまで投函された封筒のすべてを、誉はとっておいていたんだと、ケイは思った。

その封筒には、今まさに殴り書いたような文字があった。

「世界を救うのは俺しかいない」

◌　◌　◌

ケイは、アトリエを出て、ギャンのもとへと向かった。手には、殴り書きの封筒を持っている。

ギャンは、今や反核運動に関わる市民団体の代表を務めていた。ケイはギャンに連絡を取り、団体の事務所で会うことにした。

ケイは神妙な面持ちで、ギャンに封筒を見せた。

封筒を見たギャンは、ぷっと噴き出した。

ギャンが笑うのを見てケイもつられて笑ってしまった。

「誉らしいじゃんか!!」

ギャンは、誉が、「ひまわり」を描いていることは知っていた。絵の指南を最初にしたのはギャンだったし、誉がゴッホそのものであることも見抜いていたギャンにとって、誉が「ひまわり」を描いていることは、不思議なことではなかったが、なぜ「ひまわり」ばかりをずっと描き続けているのか、その理由はわからなかった。

しかし、封筒の殴り書きを見たギャンは、どこか腑に落ちるところがあった。

ケイに言った。

「これまで誉の思い込みには、さんざん笑わされたけれど、これはその中でも、とびきりすごい思い込みだな」

ケイは、うなずきながら答えた。

「でも、彼なら、本当にやるかもしれない。……思い込みが、世界を変える」

ケイとギャンは、誉の母を訪ねた。二人は、こんな状況下で未だに福島で一人暮らしをしている友人の母のことが気になっていたし、何よりも彼女が心配しているであろう一人息子の現在の状況を少しでも伝えないと、と思った。

二人が慎重に言葉を選びながら伝えた、誉の「世界を救うのは俺しかいない」話を聞いた母の反応は、拍子抜けするくらいあっけらかんとしたものだった。

誉の強烈な思い込みの激しさは今に始まった事ではない。母は息子の幼少期の出来事を思い出し話し始めた。

誉が物心つくかつかないかの頃、後藤家に子猫が迷い込んできて住み着いた。

誉は、その猫が大好きだった。起きている時も寝ている時も四六時中一緒に過ごした。それからしばらくして誉は、幼稚園に入った。そして同じクラスになった、ある女の子のことが、だんだん気になってきた。幼稚園児の誉は、悩んでいた。どうやらその子を好きになってしまったようで、猫のことが好きな自分が別の女の子のことを好きになっていいのか？　そんなことをして許されるのか？　と、そんなことを自問自答して苦しんでいたのだ。寝ながらすすり泣いている誉に、母が涙の理由を尋ねたら、そういうことだった。

猫か人間の女の子か、愛を捧げるべきはどちらなのか？　どちらか一方を選ばなければならないという究極の選択に迫られて、どうすることもできなくなってポロポロ涙が溢れ出していたのだ。

母は教えてあげた。

「両方好きでもいいんだよ」

その一言を聞いた誉の瞳から一気に涙が引いた。そしてその瞳を閉じるや否や寝息を立てて熟睡してしまった。エピソードを聞いてケイとギャンは、爆笑した。誰もが笑いを忘れている、この世界で、この場所だけが笑いに包まれていた。

いつしか三人は、誉の、思い込みの激しさ話に、花を咲かせていた。

もう日本が、いや、世界が終わるかもしれないこの時に、誉の思い出話に「花」を咲かせている。その「花」も、きっと「ひまわり」だ。

22

後藤誉は焦っていた。

震える手を必死におさえながら、小さな匙で六価クロムをすくい、大きめの真っ白な乳鉢へと移す。そこへ水を少しずつ垂らしながらゆっくりと溶かしていく。

アトリエの外では、八月の太陽が情け容赦なく地上を照らし、行き交う人々は暑さだけではなく、自分たちが被るかもしれない恐ろしい未来を想い、ぐったりとして力なく歩いていたが、青々とした木々は嬉々として光合成している。

誉は、真夏のアトリエで、額から汗を噴き出させて、クロムイエローの調合に集中している。窓からは大きな桜の木が見え、その木の幹ではミンミンゼミが、地上での短い人生のすべてを懸けて、絞り出すように腹を震わせて鳴いている。一斉に咲いてはすぐに散ってしまう桜の花や、地上に出てから二週間ほどで死んでしまうセミは、その短い一生に集中して爆発的に輝く。そうした儚くも強い生き様が、人々の心を掴んで放さない。かつてのゴッホがそうであったように。

誉は、自らの汗が化学物質に入らないように慎重に作業を進める。

「これを、完成させないと……早く、させないと……」

世界を救うために集中する誉の口から漏れ出たその声。全世界で誰一人として拾うことができなかったであろうその声を、拾う人達がいた。

ギャン、ケイ、天国の丹下爺、娘の向日葵。

誉は、彼らの顔を順番に思い浮かべていった。子どもの頃から思い込みの激しい自分を受け入れてくれたギャン。とんでもないわがままを許してくれた上に、ずっと陰で支え続けてくれたケイ。ゴッホになるための援助を無償でし続けてくれた丹下爺さん。そしてこの世に生まれてきてくれた向日葵。

愛する者たちのために命を削る。それが世界を救うことと直結するのだ。


誉は、ギャンの家で、ビートルズの『アビイ・ロード』のB面を聴いている。『ヒア・カムズ・ザ・サン』に始まり、『ビコーズ』『ユー・ネヴァー・ギブ・ミー・ユア・マネー』、そして『サン・キング』へと繋がる。

まず『ヒア・カムズ・ザ・サン』で太陽がやって来る。そしてベートーベンの『月光』の逆旋律にインスピレーションを受けて生まれた地球の歌『ビコーズ』へ。太陽から月、そして地球へ。そこから『ユー・ネヴァー・ギブ・ミー・ユア・マネー』で一気に世俗に引き摺り下ろされる。仕事を失くし、家賃が払えない、最悪な状態……そんな中、ある日、素敵な夢を見る。そして、それがきっかけで解放され、夢が現実になる。そこから虫の音が聞こえて来て『サン・キング』が始まる。誰もが笑い、誰もが幸せ。と。

◌ ◌ ◌

誉は、ギャンの家に入り浸っていた幸せな中学時代に聴いた『アビイ・ロード』のB面を思い出し愕然とした。

あの曲の流れは自分の人生そのものじゃないか！

『ヒア・カムズ・ザ・サン』――ゴッホの「ひまわり」という太陽がまずやって来た。

『ビコーズ』――ベートーベンの『月光』とともに自分の元に舞い降りてきたケイ。

『ユー・ネヴァー・ギブ・ミー・ユア・マネー』――仕事も金も失い、行き詰まったときに出会った黒澤明の『夢』をきっかけに、ゴッホの「ひまわり」を描くという夢が現実になっていく。

そして、

『サン・キング』――みんなが笑って、みんなが幸せな世界へ！

その未来のために、ゴッホの「ひまわり」を完成させることが自分の使命なのだ！

そこまで解明できた時、一陣の風がアトリエに舞い込み、同時にセミの鳴き声が誉の耳に飛び込んできた。

セミの声……虫の音。

そういえば、虫の音を音楽のように美しいと捉えられるのは、日本人だけだという。

そんな、虫の音を取り込んだ楽曲『サン・キング』は、誰もが笑って、誰もが幸せな、平和な世界をもたらすことができるのは、日本人しかいないと歌っているんじゃないだろうか。〝太陽王〟というタイトルも、〝日出ずる国の〟、と解釈できる。

そうだ！　ビートルズもゴッホと同じように気づいていたんだ！

日本人に託すしかないんだと！

ビートルズは、答えを示してくれていた。

なぜならば、と。

そう、びこうず。

世界の答えはそこにある。

誉は、安堵した。心は満たされていた。そして、手を止め、ほっと息をついて呟いた。

「よし……これくらいで、いいだろう……」

ミンミンゼミは腹を震わし命を懸けて鳴き、誉は手を震わせ命を削りながら作業をしている。着ているシャツは汗でビショビショに濡れて肌にまとわりつき、皮膚と一体化しているように感じる。一週間後に迫る8月6日、その数十年前の同日に投下された原爆の熱線を受けた人は、服を一枚脱ぐように皮膚がずる剥けてしまった。そして、半世紀以上経つ今もなお、原爆症に苦しんでいる人々がいる。その人類が起こした災禍を繰り返しては、決してならない。

誉は、その使命感から、集中力を増していった。

六価クロムを混ぜ合わせた化合物を、乳鉢から大理石の板の上に移した。その中央へ乾性油に樹脂や蝋を混ぜたものを垂らす。そしてヘラを使って混ぜ合わせる。丹念に混ぜ合わせていく度に、粘度も光沢も増していく。

「できた……」

日が高い真夏の太陽光は、直接、部屋の中には差し込んではこないが、室内を明るくするには十分な明るさで、白い大理石の上で輝くクロムイエローを鮮やかに照らしだしている。黄色でもあり黄金にも輝くクロムイエローを見て、誉は思った。

もし太陽に精液があるとすれば、このクロムイエローなのかもしれない。

そして、子どもである「ひまわり」をつくるため、ゴッホの「ひまわり」を描くためには、このクロムイエローがどうしても必要なんだ！

23

誉は、大量のクロムイエローを使って、残りの原発12基のための「ひまわり」を描き始めた。かつて、一枚も「ひまわり」を描くことができなかった男の姿はどこへいったのか、今、誉は、一日二枚のペースで「ひまわり」を描いている。そのどれもが、魂のこもり切った、紛れもないゴッホの「ひまわり」だった。

食事をまったく摂らず不眠不休で、「ひまわり」を描き続けていた誉は、頬が痩せこけ、髭が伸び放題になっていた。

見紛うことなきゴッホが、そこにいた。

彼の国がミサイルを発射するとされるXデーの前夜。

世界中が、その動向に注目していた。パニックが極限を超えたからだろうか、日本中がなぜか静寂に包まれていた。

核シェルターを持つ人々は、数週間は生き延びられる食糧とともにそこに閉じこもっていた。持たない人々は、少しでも放射線の影響を受けないように屋内に退避した。様々なデマがインターネット上に飛び交い、藁にもすがりたい人々は、そんな情報のすべてを鵜呑みにした。それぐらいしか、もう何もすることがなかった。

皆が、そうした目に見える出来事だけを見ている中、目に見えないエネルギーを信じている人たちもいた。この宇宙の中で、人間が見えている部分は限られている。見えない方にこそ、無限の力が備わっている。

丹下爺さん亡き後、その家は、空き家となっていた。部屋には、誉が描いた出来損ないの「ひまわり」が、何十枚と飾られている。出来損ないではあるけれど、丹下爺さんにとっては、我が子のようなひまわりたちだった。

ギャンは、前日の夜も、最後まで諦めていなかった。世界各国の団体や機関と連絡を取り合い、なんとかミサイル発射を回避する手立てを模索していた。ついさっき、パソコンでリモート会議を終えたが、解決の糸口は残念ながら見えなかった。

ギャンは、壁に掛かった「ひまわり」の絵をふと見た。それは誉が、初めて描いたひまわりだった。いや、正確に言えば、「ひまわり」と言えるかどうかわからないぐらいの駄作だ。ギャンは、誉から初めての失敗作を譲ってもらっていた。誉のことを思いながら、ふふっと笑いが込み上げてきた。そして、その笑いをエネルギーに変えるようにして、ギャンは気を取り直して、次のリモート会議に繋いだ。

誉の母は、父の仏壇の前に座っていた。そして、小さな紙切れをそっと仏壇に置いた。その紙切れには、ひまわりの絵が描かれていた。それは、福島を訪ねてきた息子が、きっと守ってくれると東京への帰り際にくれたものだ。

その夜は、月が格別にきれいだった。

誰もが屋内に閉じこもり、家々からは明かりも消えていた。漆黒の暗闇を照らすように、月が輝いていた。その月の光もまた、太陽に照らされ、それを反射しているものだった。太陽のエネルギーを、一身に受ける月は、そのエネルギーを独り占めするのではなく、反射することで地球の皆に使ってもらう。太陽を何よりも信頼しているのが月で、そのようにして、太陽と月は固く結ばれている。

ケイは、娘の向日葵と一緒に家にいた。ケイは、向日葵に黄色い封筒を見せていた。それは、誉に最初に届けた封筒だった。そこには、幼い向日葵が描いたひまわりの絵と、誉が殴り書いた「世界を救うのは俺しかいない」の文字があった。それを見ながら、ケイは当時のことを思い出し、ふふっと笑って言った。

「ああ、そうそう」

向日葵は、不思議そうにケイを見つめる。

ケイは、封筒のひまわりを見ながら、言葉を続けた。

「何？　ママ？」

「うん」

「あなたは、もちろん覚えてないだろうけど……。このひまわりを描いた時ね」

「ほんと一生懸命描いててね、それはそれは、すっごい集中してたのよ」

「そうなの？」

「そう。それでね、描き終わってからね、あなた、初めてしゃべったのよ」

「え？　私、初めてしゃべったのその時だったの？……で、何て？」

ケイは、封筒から目を離して、向日葵を見つめた。向日葵もまた、ケイを見つめた。

目の前の向日葵と、あの日の向日葵の顔が重なった。

向日葵は言った。

「パパ、がんばって」

◌　◌　◌

誉の「ひまわり」の制作スピードは、ゴッホを凌駕《りょうが》する驚異的な速さだったが、それでも間に合わせることができるかどうかは、ぎりぎりまでわからない。そもそも、果たして、誉が「ひまわり」を描ききったところで、本当にミサイル発射を阻止することができるのか。

しかし、そんな疑問は、誉の頭の中に微塵もない。

誉は、信じ切っていた。

ゴッホを。

「ひまわり」の力を。

そして、誉は、まったく諦めていなかった。

……たとえ俺の人生が負け戦であっても、俺は最後の最後まで戦いたいんだ。

◌　◌　◌

Xデー。

彼の国は、予定通り、ミサイルを発射した。

日本中が、世界中が恐怖に覆われ、地球が震撼した。

彼の国のミサイル発射の様子を、ニュースはリアルタイムで報じた。

誰しもが、これで日本という一つの国が、地球上から消滅してしまうと思っていた。


しかし、その予想は裏切られた。


ミサイルが発射された直後、すぐに墜落してしまったのだ。

その様子は、全世界で同時中継された。

次から次へと日本各地に向けてミサイルは発射された。

しかし、まるで大きな手で叩き落とされた蠅のような軌道を描いて、日本海へすべて墜落した。


誉の最後の一枚は完成していた。

8月6日の空は快晴で、いつものように、八月の太陽が輝いていた。
その太陽を、ひまわりたちは見つめ続けていた。

そんなアホな。

倉本美津留

くらもと・みつる

放送作家。

「EXテレビ」「ダウンタウンのごっつええ感じ」「伊東家の食卓」

「たけしの万物創世紀」「HEY!HEY!HEY!MUSIC CHAMP」

「松本紳助」「M-1グランプリ」「ダウンタウンDX」

「浦沢直樹の漫勉」「シャキーン!」ほか、
数々のテレビ番組を手がける。

著書に『ことば絵本 明日のカルタ』(日本図書センター)、

『ビートル頭――ビートルズの使い方 世界をビックリさせつづけるクリエイティブの本質』

(主婦の友社)、

『倉本美津留の超国語辞典』(朝日出版社)、『笑い論』(ワニブックスPLUS新書)、

『パロディスム宣言』(美術出版社)、など。

ブックデザイン
鈴木成一デザイン室

イラスト
しらこ

協力
松丸 進

校正
玄冬書林

編集
内田克弥(ワニブックス)

びこうず

2020年11月25日　初版発行

著者　倉本美津留
発行者　横内正昭
発行所　株式会社ワニブックス
〒150-8482 東京都渋谷区恵比寿4-4-9 えびす大黒ビル
電話 03-5449-2711(代表)
03-5449-2734(編集部)
印刷　凸版印刷
DTP　三協美術
製本所　ナショナル製本

定価はカバーに表示してあります。落丁本・乱丁本は小社管理部宛にお送りください。
送料は小社負担にてお取替えいたします。
ただし、古書店等で購入したものに関してはお取替えできません。
本書の一部、または全部を無断で複写・複製・転載・公衆送信することは
法律で認められた範囲を除いて禁じられています。

©倉本美津留 2020 ISBN978-4-8470-9940-3

ワニブックスHP https://www.wani.co.jp/
WANI BOOKOUT https://www.wanibookout.com/
WANI BOOKS NewsCrunch https://wanibooks-newscrunch.com/